狼图腾

小狼小狼

XIAOLANG

来自母版《狼图腾》的名家荐言

++ 打篮球其实就是一口气，你看过《狼图腾》吗？它给我印象最深的就是狼的整体作战和那股血性。我们就是要当那一群狼，我是头狼，但所有的狼要一起布阵，一起进攻和防守。

——NBA 篮球超级巨星　姚明

++ “苍狼乐队”感谢《狼图腾》，它让我读出：深沉、豪放、忧郁而绵长的蒙古长调与草原苍狼幽怨、孤独、固执于亲情呼唤的仰天哭嗥，都是悲壮的勇士面对长生天如歌的表达；是献给《天堂》里伟大母亲最美的情感、最柔弱的衷肠、最动人的恋曲……

——蒙古族著名歌唱家　腾格尔

++ 《狼图腾》是当代小说中很有价值的作品，是一部深切关注人类土地家园、以灵魂回应灵魂的图书。

——著名文学批评家　雷达

++ 读了《狼图腾》，我觉得狼许多难以置信的战法很值得借鉴。其一：不打无准备之仗，踩点、埋伏、攻击、打围、堵截，组织严密，很有章法。其二：最佳时机出击、保存实力、麻痹对方，并在其最不易跑动时，突然出击，置对方于死地。其三：最值得称道的是战斗中的团队精神，协同作战，甚至不惜为了胜利粉身碎骨，以身殉职。商战中这种对手最恐惧，也是最具杀伤力的。

——海尔集团董事局主席　张瑞敏

狼图腾

小狼小狼

上册

浙江少年儿童出版社

姜戎　著

作者写给小读者的话

ZUOZHE XIEGEI XIAODUZHE DEHUA

亲爱的小读者，书中的蒙古小狼，将带你进入辽阔的蒙古草原，那是一个充满生命活力的奇异世界。如果你跟随小狼完成这次草原漫游，那么我相信，在你的性格成长过程中，会增加一些自由、独立、自尊和不屈不挠的精神，你的心灵将因此而坚强，未来的人生会更加精彩。

姜戎

2007年7月5日

目录

MULU

1

北京学生对草原狼着了迷

那是一个阳光温暖的早春，羊倌陈阵刚刚观察过羊群四周的情况，好像没有什么异常动静，便躺在草地上，眼睛死死地盯着蓝天。天空上盘旋的那些黑点儿，就是凶猛的草原雕。它们会趁人不备，突然俯冲下来，双爪紧紧掐住羊羔，而后腾空飞去。

忽然，陈阵听到羊群哗啦啦一阵轻微骚动，急忙坐了起来。眼前并没有草原雕的影子，却看到一条灰黄色的大狼冲进了羊群，一口叼住一只羊羔的后脖颈，侧头一甩，把羊羔甩到自己的后背上。然后歪着头，背扛着羊羔，顺着山沟，向黑石头山方向，嗖嗖地跑没影了。

羊羔平时最爱叫，声音又亮又脆。一只羊羔的惊叫声，常常会引起几百只羊羔和母羊们的连锁反应，叫得草场惊天动地。可狼嘴叼紧了羊羔的后脖颈，就勒得羊羔的喉咙发不出一点声音。母狼悄无声息地溜走了，羊群平静如初。绝大部分羊还不知道发生了什么事，可能连羊羔妈妈都不知道自己丢了孩子。

如果陈阵听力和警觉性不高的话，他也会像那只傻母羊那样，要等到下午清点羔羊的时候才会发现丢了羔。陈阵惊讶得像遇到了一个身怀绝技的飞贼，眼睁睁地看着贼在他眼皮底下抢走了钱包。

等喘平了气，陈阵才骑马走到狼偷袭羊羔的地方查看，发现那儿的草丛中有一个土坑，土坑里的草全被压平了。显然，母狼并不是从远处匍匐接近羊群的，那样的话，陈阵也许还能发现。那条母狼其实早已悄悄埋伏在这个草坑里，一直等到羊群走近草坑时，才突然蹿出来的。

陈阵看了看太阳，算了一下，这条狼足足埋伏了三个多小时。在这个季节抓走活羊羔的狼只会是母狼，这

是它训练狼崽抓活物的活教材、活道具，也是喂给尚未开眼和断奶的小狼崽鲜嫩而易消化的理想肉食。

陈阵窝了一肚子火，但他心里又暗自庆幸。这些天他和杨克经常隔三差五地丢羊羔，两人一直怀疑是老鹰或草原雕偷的。这些飞贼动作极快，趁人不备一个俯冲就能把羊羔抓上蓝天。可是老鹰抓羊羔，低空俯冲威胁面很大，会惊得整群羊狂跑大叫，守在羊群旁的人，是不可能不发觉的。他俩始终弄不清这个谜。直到此刻，陈阵亲眼看到母狼抓羊羔的技巧，还有这个草坑，才算破了这个案，否则，那条母狼还会继续让他们丢羊羔。

无论牧民怎样提醒、告诫，陈阵还是不能保证放羊不出一点差错。那些狡猾的草原狼，会按照不同的天气和地形，用谁也想不到的办法，来偷走羊羔。狼虽然没有草原雕的翅膀，但草原上真正的飞贼却是狼，让人一次一次地目瞪口呆，也让你多留心眼多长心智。

白天放羊时，除了草原上的风声和羊的叫声，陈阵听不到一点人声，没有人来同他说话。通常，只有在看清周围没有狼的情况下，他才可以掏出随身带的书本，匆匆看上几页。更多的时候，他只能在苦思和幻想中打发时光。

1967 年冬天，陈阵从北京来到额仑草原插队，当时，知青[1]的蒙古包还没有发下来，他就被安排在牧民毕利格老人家里，分配当了羊倌。一年后，知青支起了自己的蒙古包，陈阵

①知青：知识青年的简称，指受过学校教育、具有一定文化知识的青年人，特指二十世纪六七十年代到农村或边疆参加生产的城镇初中和高中毕业生。

和同班同学杨克共同放一群羊，差不多有一千七百多只。加上牛倌高建中、马倌张继原，这个蒙古包一共有四个北京知青。

放羊对陈阵来说有一个好处：独自一人待在无边无际的草原上，总能找到静静思索的时间。他的脑子里有那么多问号，就像天上的白云，一堆一堆聚拢来、叠起来，然后一片一片飘得好远，再被风吹散。他和杨克从北京带来了两大箱书，书本有如青草肥嫩多汁，晚上在羊油灯下看书，白天放羊的时候，就可以学习羊的反刍法来消化它们，细嚼慢咽。

此刻，陈阵想起了刚才那条叼走羊羔的母狼。它的那一窝小狼崽，藏在哪一片山坡的哪一个狼洞里呢？狼妈妈为了抓活物喂养小狼崽，敢于在羊倌眼皮子底下冒险。狼妈妈很勇敢，狼妈妈也很狡猾，懂得埋伏，有耐心；一旦时机到了，会像旋风一样神速出击。

来到额仑草原两年多，陈阵听牧民讲了许多狼的故事，都是自己以前在北京闻所未闻的。

比如，狼抓黄羊有绝招。在白天，一条狼盯上一只黄羊，先不动它，到了天黑，黄羊会找一个背风草厚的地方，卧下睡觉。这会儿，狼是抓不住黄羊的。黄羊的身子睡了，可它的鼻子耳朵不睡，稍有动静，黄羊蹦起来就跑，狼也追不上。一晚上，狼就是不动手，趴在不远的地方死等。等一夜，等到天白了，黄羊憋了一夜的尿，尿泡憋胀了，狼瞅准机会就冲上去猛追。黄羊跑起来撒不出尿，跑不了多远，尿泡就颠破了，后腿抽筋，再也跑不动了。黄羊跑得再快，也有跑不快的时候。那些老狼和头狼，就知道在清晨的那一小会儿能抓住黄羊。只有最精的黄羊，才能舍得身子底下焐热的热气，在半夜站起来撒出半泡尿，就不怕狼追了。额仑的猎人常常起大早，去抢被狼抓着的黄羊，剖开羊肚子，里面尽是尿。

再比如，今年早春，擅长气象战的草原狼，趁着一次寒流袭来的大风雪，在草原“白毛风”的掩护下，成功组织了一场闪电战，把一大群健壮的军马，全部赶进硝泡子[①]的大泥塘里，马群全军覆没。

事后陈阵亲眼见到了尸横遍野的现场，狼的凶残让他恐惧，狼的智慧却让他震惊，狼群互相配合默契的大智大勇，几乎一下子改变了他脑子里原先对“大灰狼”

①硝泡（pāo）子：指含硝的小湖泊。牛羊每隔一段时间要吃一点硝。

的认识。

最精彩的，是那个关于“飞狼”的传说。

前几年，牧场领导为了减少牧民下夜的辛苦，也为了保障羊群的安全，在接羔草场上，最先盖起了几个大石圈。有一天晚上，狗叫得凶，像是来了狼，但有石圈，牧民就没去查看。想不到第二天一早打开圈门，牧民眼前出现一大片死羊，圈里的地上全是血，有二指厚，连圈墙上都喷满了血。每只死羊的脖子上都有四个血窟窿，还有好几堆狼粪……这一小群狼吃掉了十几只羊，还咬死了二百多只。狼吃饱了喝足了，又飞出了石圈，消失得无影无踪。那石圈的围墙有六七尺高，周围也没有洞，人都爬不过去，狼究竟是怎样进去的呢？

场部来了人，进行“破案”侦查，直到发现了圈墙东北角外墙上的狼的血爪印，才算揭开了谜底：

8

狼群是集体作战的，其中有一头最大的狼，在墙外站起来，后爪蹬地、前爪撑墙，用自个儿的身子给狼群当跳板。然后，其他的狼，从几十步以外的地方冲过来，跳上大狼的背，再蹬着大狼的肩膀，一使劲就跳进了石圈，就像飞进去一样。里面的狼吃饱了，就会再搭跳板，把一条吃饱的狼送出来，给饿狼搭狼梯，让它也进去吃个够。外墙上那个狼的血爪印，就是那些踩过羊血的饱狼留下来的。

那么，狼群是怎样一条不拉地安全撤离的呢？牧民说，草原狼的集体观念特强，特抱团，决不会让弟兄和家人吃亏。最后走的那条狼，一定是最有本事也最有劲的头狼。它硬是独自叼来圈里的死羊，靠着墙，把死羊一条条摞起来，做成羊梯，然后，蹬着羊梯，成功地“飞”走了。

从那以后，陈阵再也不敢小视蒙古狼。草原狼就像一群飞翔的精怪，一次次出现在他的睡梦中。他觉得自己对狼像是着了迷，产生出许多好奇和疑问——在这蒙古包全新的生活里，面对无边无际的大草原，狼们不再像教科书上写的那样蠢笨，而是生动的、神奇的，充满了智慧和魅力。

蒙古老人毕利格曾对陈阵和杨克说过：你们要想懂草原，先得懂狼。

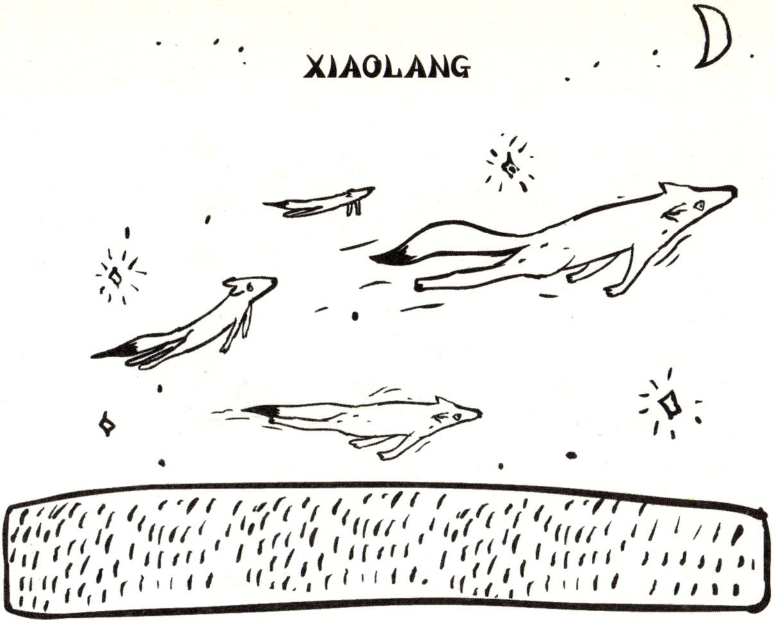

然而，真要想懂得狼，实在是太难了。人在明处，狼在暗处；狼嗥可远闻却不可近听。那么，怎样才能最短距离地接近狼呢？

陈阵望着那条母狼消失的方向，痴痴地想着。一个念头像电光火石一般，在他心里亮了一亮，全身的血液都呼地沸腾起来。

2
好想掏一条小狼崽

这些日子来，陈阵心里一直徘徊不去的那个念头，越来越强烈了——他下决心要想办法，去抓一条小狼崽。

掏狼崽是草原上一件凶险、艰难、技术性极强的狩猎活动，也是草原民族抑制草原狼群发展的最有用的办法。额仑草原肥美富庶，狼食多，狼崽的成活率极高。春天掏到一窝狼崽（一窝狼崽七八只、十几只），端掉一窝狼崽，就等于消灭了一群狼。

陈阵听过不少掏狼崽的惊险故事，所以他早已有充分的思想准备。大狼为了保护狼崽，会运用狼的最高智慧，以及所有凶猛亡命之徒的看家本领。但是，陈阵心里暗暗藏了自己的一份秘密：他掏狼崽，并不是仅仅为了减少狼害，而是要实现自己的一个心愿——他要把狼崽放在蒙古包旁养着，从夜看到明，从小看到大，把狼看个够，看个透。这个行动虽然非常冒险，却是了解狼、研究狼的一条捷径。

空中飘着雪花，陈阵进了蒙古包，和杨克，还有牛倌高建中，围着铁筒干粪炉，喝早茶，吃手把肉，还有毕利格的儿媳妇嘎斯迈送来的奶豆腐。趁着这一会儿的闲空，陈阵开始劝他俩跟自己去掏狼窝。他认为自己的理由很过硬："咱们以后少不了跟狼打仗，养条小狼才可以真正摸透狼的脾气，才能知彼知己。"

牛倌高建中在炉板上烤着肉，面有难色地说道："掏狼崽可不是闹着玩的。前几天兰木扎布他们掏狼洞熏出一条母狼，母狼跟人玩儿命了，差点没把兰木扎布的胳膊咬断。护羔子的绵羊都敢顶人，护崽的母狼还不跟人拼命？他们一共三个马倌牛倌，七八条大狗，费了好大劲，才打死母狼。狼洞太深，他们换了两拨人，挖了两天才把狼崽掏了出来。可咱们，连条猎枪都没有，就拿铁锨马棒能对付得了？挖狼洞也不是件轻活，上次我帮桑杰挖狼洞挖了两天，也没挖到头，最后只好点火灌烟再封了洞拉倒。谁知道能不能熏死小狼崽。桑杰说母狼会堵烟，洞里也有通风暗口……找有狼崽的洞就更难了，狼的真真假假你还不知道？牧民说，狼洞狼洞，十洞九空，还经常搬家。”

杨克倒是痛快地对陈阵说：“我跟你去。我有根铁棒，很合手，头也磨尖了，像把小扎枪。要碰见母狼，我就不信咱俩打不过一条狼。再带上一把砍刀，几个二踢脚，咱们连砍带炸准能把狼赶跑。要是能打死条大狼，那咱们就神气了。”

高建中挖苦道：“臭美吧。留神狼把你抓成个独眼龙，咬成狂犬病，不对，是狂狼病，那你的小命可就玩儿完了。”

杨克晃晃脑袋：“没事儿，我命大，再说，办什么事都不能前怕狼后怕虎。汉人就是因为像你这样，才经常让游牧民族入主中原。兰木扎布老说我是吃草的羊，他是吃肉的狼。咱们要是自个儿独立掏出一窝狼崽，看他还敢说我是羊了。我豁出一只眼也得赌这口气。”

陈阵说：“好！说定了？可不许再反悔噢！”

杨克把茶碗往桌上一放，大声说：“嗨，你说什么时候去？要快！听说，场部就要让咱们去圈狼了，我也特想参加围狼大会战。”

陈阵站起来说：“要不，今天晚上，我先到毕利格阿爸那儿去一趟，向他请教掏狼崽的窍门？”

杨克说：“也好。等你问明白了，明天咱们就上山。”

两个春天了，全场一百多个知青还没有一个人独自掏到过狼崽。陈阵不敢奢望自己能掏到一窝，他一直打算找机会，让毕利格老人带着他去掏狼窝，先学学本领。可是，狼群猎杀马群的事故发生以后，老人就顾不上亲自去掏狼崽了。

既然今天他和杨克都下了决心，陈阵真的要抓紧行动了。

这天傍晚，陈阵把羊群关进了羊圈，便骑马去了毕利格老人的蒙古包。

陈阵一进包，见毕利格一家人正准备吃晚饭。前几天为了保护马群而冻伤了的巴图，还在家里休息。陈阵挨着他坐下，喝了一口奶茶，就对毕利格说："阿爸，我前些日子放羊，一条母狼就在我眼皮子底下把一只羊羔活活地叼走，往东北边黑石头山那边逃了。我想那边一定有个狼窝，里面一定有狼崽。我打算明天一早就去找，想让您带我们去……"

老人说："明儿我是去不了了，这边还有不少急事要办呢。"老人回头问道："母狼真往黑石头山那边去了？"

"没错。"陈阵说。

老人捋了捋胡子，问道："你那会儿骑马追了没有？"陈阵说："没有，它跑得太快，没来得及追。"老人说："那还好，要不那条母狼准会骗你。有人追，它是不会直奔狼窝的。"

老人略略想了想，说道："这条母狼真是精，头年开春，队里刚刚在那儿掏了三窝狼崽，今年谁都不去那儿掏狼了，想不到还有母狼敢到那儿去下崽。那你明儿快去找吧，多去几个人，多带狗。一定得找几个胆大有经验的牧民，你们两个千万别自个儿去，太危险。"

"掏狼窝最难的是什么？"陈阵问。

老人说："掏狼窝麻烦可多啦，找狼窝更难。我告诉你一个法子，能找到狼窝。你明儿天不亮就起来，跑到石头山旁边高一点的山头，趴下。等到天快亮的时候，你用望远镜留神看，这时候母狼在外面忙活了一夜，该回洞给狼崽喂奶。你要是看到狼往什么地方去，那边就准有狼窝，你要仔细找，带上好狗转圈找，多半能找着。可找着了，要把狼崽挖出来也难啊，最怕洞里有母狼，你们千万要小心。”

老人的目光忽而黯淡下来，他说：“要不是狼群杀了这么大一群马，我是不会再让你们去掏狼崽的，掏狼崽是额仑草原老人们最不愿干的事情……”

老人看着陈阵，又说：“孩子啊，我看你是被狼缠住了。我老了，这点本事传给你，只要多上点心，能打着狼。可你要记住你阿爸的话，狼是腾格里[1]派下来保护草原的，狼没了，草原也保不住了；狼没了，蒙古人的

①腾格里：蒙语中“天”、“天神”的意思。

灵魂也就上不了天了。”

陈阵问：“阿爸，狼是草原的保护神，那您为什么还要打狼呢？听说您在场部的会上，也同意大打。”

老人说：“狼太多了就不是神，就成了妖魔，人杀妖魔，就没错。要是草原牛羊被妖魔杀光了，人也活不成，那草原也保不住。我们蒙古人也是腾格里派下来保护草原的。没有草原，就没有蒙古人，没有蒙古人也就没有草原。”

陈阵心头一震，追问道：“您说狼和蒙古人都是草原的卫兵？”

老人的目光突然变得警惕和陌生，他盯着陈阵的眼睛说：“……没错。可是你们……你们汉人不懂这个理。”

陈阵一时不敢再问下去，可是，掏狼崽的学问太深奥。他掏狼崽的目的是养一只狼崽，如果再不抓紧时间，等到狼崽断了奶或睁开了眼，那就难养了。必须抢在狼崽还没有看清世界、分清敌我的时候，把它从狼的世界转到人的环境中来。

陈阵认为野性很强的狼崽比麻雀还难养。从小就喜爱动物的陈阵，小时候多次抓过和养过麻雀，可是麻雀脾气大，在笼子里闭着眼睛就是不吃不喝直至气绝身亡。狼崽可不像麻雀那么好抓，如果冒了风险、费了牛劲，抓到了狼崽却养不了几天就养死了，那就亏大了。

陈阵扭头看着巴图，他是全场出名的马倌和打狼能手，前几天吃了狼群那么大的亏，正在气头上，待一会儿向他请教掏狼崽的事准能成。

狼是腾格里(天)派下来保护草原的，狼没了，草原也保不住了；狼没了，蒙古人的灵魂也就上不了天了。

3
舍不得孩子打不着狼

毕利格老人的蒙古包里，那盏有三个灯捻的羊油灯把一家人的脸都照得亮堂堂。矮方桌上两大盆刚出锅的血肠血包、羊肚肥肠和手把肉，冒着腾腾的热气和香气。陈阵眼睛发亮，肚子也突然饿起来了。

嘎斯迈端着肉盆，将陈阵最爱吃的羊肥肠转到他的面前，又端起另一个肉盆，把老人最爱吃的羊胸椎转

到老人面前。然后，给陈阵递过一小碗用固体酱油和草原口蘑泡出的蘑菇酱油。这是陈阵吃手把肉时最喜欢的调料，这种北京加草原的调味品，现在已经成为他们两家蒙古包的常备品了。

陈阵用蒙古刀割了一段羊肥肠蘸上调料，塞到嘴里，香得他几乎把狼崽的事忘记。草原羊肥肠是草原手把肉里的上品，只有一尺长。说是肥肠，其实一点也不肥，肥肠里面塞满了最没油水的肚条、小肠和胸膈膜肌肉条。羊肥肠几乎把一只羊身上的弃物都搜罗进来了，却搭配出蒙古大餐中让人不能忘怀的美食，韧脆筋道，肥而不腻。

陈阵说："蒙古人吃羊真节约，连胸隔膜都舍不得扔，还这么好吃。"

老人点头："饿狼吃羊，连羊毛羊蹄壳都吃下去。草原闹起大灾来，人和狼找食都不容易，吃羊就该把羊吃得干干净净。"

陈阵笑道："这么说，蒙古人吃羊，吃得这么聪明，也是跟狼学的了？"

全家人大笑，连说是是是。陈阵又一连吃下去三小段肥肠。

嘎斯迈笑得开心。陈阵记得嘎斯迈说过，她喜欢吃相像狼一样的客人。陈阵有点不好意思，此刻自己一定像条饿狼。他不敢再吃了，因为毕利格全家人都爱吃羊肥肠，可一眨眼的工夫他已经把大半根肠吃进肚里了。

嘎斯迈直起腰，用刀子拨开血肠，再用刀尖挑出一大根肥肠来，笑道：“知道你来了就不肯走了，我煮了两大根肠哪。那根全是你的了，你要跟狼一样节约，不能剩。”

一家人又笑了。

嘎斯迈九岁的儿子巴雅尔，连忙把妈妈挑出来的肥肠抓到自己的肉盆前。两年多了，陈阵总是调不好与嘎斯迈的辈分关系，巴图是毕利格的儿子，嘎斯迈是巴图的妻子，正常辈分她应该算是陈阵的大嫂。可是，陈阵觉得嘎斯迈有时是他的姐姐，有时是婶婶，有时是小姨小姑，她的快乐与善良像草原一样坦荡纯真。

陈阵吃下整根肥肠，又端起奶茶一口气喝了半碗，问嘎斯迈：“听说巴雅尔敢抓狼尾巴，敢钻狼洞掏狼崽，敢骑烈马，胆子也太大了，你就不怕他出事？”

嘎斯迈笑道：“蒙古人从小个个都是这样。巴图小时候胆子比巴雅（巴雅是巴雅尔的昵称）还大，巴雅钻的狼洞没有大狼，狼崽又不咬人，掏出一窝狼崽算什么。可是巴图钻的狼洞里面有大狼。他在洞里碰见了母狼，还硬是把母狼从狼洞里拽了出来。”陈阵吃惊不小，忙问巴图：“你怎么从来没给我讲过这事，快跟我好好讲讲。”

在蒙古包热闹的气氛中，这几天一直苦着脸的马倌巴图，心情好了起来。他喝了一大口酒，开始给陈阵讲自己小时候钻狼洞、掏狼崽的故事：

“那年我十三岁吧，有一次阿爸他们几个人找了几天，才找到了一个有狼崽的狼洞。洞很大很深，挖不动，阿爸怕里面有母狼，先点火熏烟，想把母狼轰出来。后来烟散了母狼也没有出来，我们以为里面没有大狼了，我就拿着火柴麻袋钻进狼洞去掏狼崽。哪想到钻进去两个半身子深的时候，我就看见了狼的眼睛，离我只有两尺远，吓得我差点尿裤子。

“我连忙划了一根火柴，火光一亮，我看见狼也吓得在那儿哆嗦呢，跟狗害怕的样子差不离，尾巴都夹起来了。

“我趴在洞里不敢动，火刚一灭，狼就冲过来，我退也退不出去，心想这下可完了。哪想到它不是来咬我，是想从我头上蹿过去，逃出洞。

“这时候我怕洞外面的人没防备，怕狼咬了阿爸，我也不知道哪来的胆子，猛地撑起身子，想挡住狼，没想到我的头顶住了狼的喉咙，我又一使劲，就把狼头顶在洞顶上了。

“这一下，狼出不去跑不了，狼急得乱抓，把我的衣服抓烂了。我也豁出去了，急忙坐起来，狠狠顶住狼的喉咙和下巴，不让它咬着我。我又去抓狼的前腿，费了半天劲，才把狼的两条前腿抓住。这下狼咬不着我也抓不着我了，可我也卡在那里没法动弹，浑身一点劲也没了。”

巴图平静地叙述着，好像在讲一件别人的事情：

“外面的人等了半天不见我出来，不知道出了什么事。阿爸急得钻了进来，他划着火柴，见我头上顶着一个狼头，这阵势把他也吓坏了。他赶紧让我顶住狼头别动，然后，抱着我的腰，一点一点往外挪。我一边顶住狼头，一边又使劲拽狼腿，让狼跟着我慢慢往外挪动。阿爸又大声叫外面的人，抓住他的脚一点一

点地往外拽。

“一直到把阿爸拽到洞口的时候，外面的人才知道这是怎么回事。大家都拿着长刀棍棒等在洞口，阿爸和我刚把狼拽着顶到洞口边上，外面的人一刺刀就刺进狼嘴，把狼头钉在洞口的顶上，几个人一起把狼从狼洞里拽出来打死。

“后来，我歇够了劲，又钻进洞，越到里面洞越窄，只有小孩能钻进去。最里面倒大了，地上铺着破羊皮和羊毛，上面躺着一窝小狼崽，一共九只，都还活着。那条母狼为了护崽，在狼崽睡觉的地方外，刨了好多土，把最里面的窝口堵了一大半，母狼自个儿留在外面。母狼没熏死，是因为洞上面还有一些小洞，烟都跑上面去了，还能往外面散烟。后来，我就扒开了土，伸手把狼崽全抓了出来，再装到麻袋里，倒着爬了出来……”

陈阵听得喘不过气来。全家人也好像好久没有回忆这个故事了，都听得战战兢兢。陈阵心想，“舍不得孩子打不着狼”，过去还真不理解这句话的意思，“舍不得孩子打不了狼”，难道是用孩子做诱饵，来换一条狼吗？这样做不是太不合情理了吗？现在他才明白，这句话说的是让孩子去冒险钻狼洞掏狼崽，这又深又窄的狼洞，只有孩子的小身子才能钻得进去。陈阵想，蒙古女人要是像汉族女人那样溺爱孩子，他们的民族可能早就灭亡了，所以蒙古孩子长大以后个个都那么勇猛强悍。蒙古人毕竟统治中国近一个世纪，这句流传全中国的老话，八成是从蒙古草原传到中原的。

陈阵感到这个故事和他听到的其他掏狼崽的故事很不一样，又问：“我听别人说母狼最护崽，都敢跟挖狼洞的人拼命，可这条母狼怎么不敢跟人拼命呢？”

老人说：“其实，草原狼都怕人。草原上能打死狼的，只有人。这条母狼刚让烟给熏晕了，又看着人手里拿着火，敢钻进它的洞，它能不害怕吗？这条狼个头不算小，可我看得出来，这是条两岁的小母狼，下的是头胎。可怜哪。今儿要不是你问起这件事，谁也不愿提起它啊。”

嘎斯迈脸上的笑容不见了，眼里闪着一层薄薄的泪花。

巴雅尔忽然对母亲嘎斯迈说：“陈阵刚才悄悄对我说了，他们明天一早要上山掏狼崽，我想帮他们去掏，他们个儿大，钻不到最里面去。今儿晚上我住到他们的包里去，明天一早跟他们一块儿上山。”

嘎斯迈说：“好吧，你去，要小心点。”

陈阵慌忙摆手：“不成！不成！我真怕出事儿，你可就这么一个宝贝儿子啊。”

嘎斯迈说:“今年春天咱们组才掏了一窝狼崽，还差三窝呢。再不掏一窝，那个军代表包顺贵又该对我吼了。”

陈阵说:“那也不成，我宁可不掏也不能让巴雅去。”

老人把孙子搂到身边，略一思忖，说:“巴雅就别去了。前些天我刚下了不少狼夹子，准能夹着一两条大狼，不交狼崽皮，交大狼皮也算完成定额。这一回，就让这几个北京学生先去练练手吧。”

蒙古女人要是像汉族女人那样溺爱孩子，他们的民族可能早就灭亡了，所以蒙古孩子长大以后个个都那么勇猛强悍。

4
掏狼先得有好狗

陈阵为了使这次行动更有把握，在回家的路上，顺道去了几个蒙古包，想请几位年轻的牧民朋友和他们一起去找狼窝。但牧民都认为那个地方不会有狼崽，第二天早晨谁也没来。

羊群静静地缩卧在土墙内的草圈里，懒懒地反刍着草食，不想出圈。三条看家护圈的大狗，叫了一夜，此刻又冷又饿，全身颤抖地挤在蒙古包门前。陈阵一开门，猎狗黄黄就扑过来，把两只前爪搭在他的肩膀上，舔他的下巴，拼命地摇尾巴，向他要东西吃。陈阵从包里端出大半盆吃剩的手把肉骨头倒给它们。三条狗将骨头一抢而光，就地卧下，两爪夹起大骨棒，侧头狠嚼，咔啪作响，然后连骨带髓全部咽下。

陈阵又从包里的肉盆中挑出了几块肥羊肉，给母狗伊

勒单独喂。伊勒毛色黑亮，跟黄黄一样也是兴安岭猎狗种，头长、身长、腿长、腰细、毛薄，猎性极强，速度快、转身快、能掐会咬，一见到猎物就兴奋得直蹿，拽都拽不住。

这两条狗都是猎狐的高手，尤其是黄黄，从它爹妈那儿继承和学会了打猎的绝技。它不会受狐狸甩动大尾巴的迷惑，能直接咬住狐狸尾巴，然后急刹车，让狐狸拼命前冲，再突然一撒口，把狐狸摔个前滚翻，使它致命的脖子和要害肚皮来个底朝天，黄黄再几步冲上去，一口咬断狐狸的咽喉，猎手就能得到一张完好无损的狐皮。

而有些牧民家的赖狗，不是被狐狸用大尾巴扫断了腿，就是把狐狸皮咬开了花，常常把猎手气得将狗狠揍一顿。

黄黄和伊勒见狼也不怵，仗着自己的灵活机敏，跟狼东咬西跳，死缠活缠，还能不让狼咬着自己，为后面跟上来的猎手和猎犬，套狼抓狼赢得时间创造良机。

黄黄是毕利格老人和嘎斯迈送给陈阵的，伊勒是杨克从他的房东家带过来的。额仑草原的牧民总是把他们最好的东西送给北京学生，所以这两条小狗长大以后，都比它们的同胞兄弟姐妹更出色更出名。后来巴图经常喜欢邀请陈阵或杨克一起去猎狐，主要就是看中这两条狗。

去年一冬天下来，黄黄和伊勒已经抓过五条大狐狸了。陈阵和杨克冬天戴的狐皮草原帽，就是这两条爱犬送给他俩的礼物。春节过后，伊勒下了一窝小崽，共六只。其中三只被毕利格、兰木扎布和别的知青分别抱走了。现在只剩三只，一雌两雄，两黄一黑，肉乎乎，胖嘟嘟，好像小乳猪，煞是可爱。

生性细致的杨克宠爱伊勒和狗崽非常过分，几乎每天要用肉汤、碎肉和小米给伊勒煮一大锅稠粥，把粮站给知青包的小米定量用掉大半。当时额仑草原知青的粮食定量仍按北京标准，一人一月 30 斤，但种类与北京大不相同：3 斤炒米（炒熟的糜子），10 斤面粉，剩下的 17 斤全是小米。小米大多喂了伊勒，他们几个北京学生也只好像牧民那样，以肉食为主了。牧民粮食定量每月只有 19 斤，少就少在小米上。小米肉粥是最好的母狗狗食，这是陈阵从嘎斯迈那里学来的知识。伊勒下奶特别多，因此陈阵的狗崽要比牧民家的狗崽壮实。

除了黄黄和伊勒，还有一条强壮高大的黑狗，是本地蒙古品种。狗龄五六岁，头方口阔，胸宽腿长身长，吼声如虎，凶猛玩命。全身伤疤累累，头上胸上背上有一道道一条条没毛的黑皮，显得丑陋威严。它脸上原来有两条像狗眼大小的圆形黄色眉毛，可是一条眉毛像是被狼抓咬掉了，现在只剩下一条，跟两只眼睛一配，像脸上长了三只眼。虽然第三只眼没有长在眉心，但毕竟是三只眼，因此，开始的时候陈阵杨克就管它叫二郎神。

这头凶神恶煞般的大狗，是陈阵去邻近公社的供销社买东西的路上捡来的。那天回家的路上，陈阵总感到背后有一股寒气，牛也一惊一乍的。他一回头，发现一条巨狼一样大的丑狗，吐出大舌头，一声不吭地跟在后面，把他吓得差点掉下牛车。他用赶牛棒轰它赶它，它也不走，一直跟着牛车，跟回了陈阵的蒙古包。

几个马倌都认得它，说这是条恶狗，有咬羊的恶习，被它的主人打出家门，流浪草原快两年了，大雪天就在破土墙根底下憋屈着，白天自个儿打猎，抓野兔、抓獭子、吃死牲口、捡狼食，要不就跟独狼抢食吃，跟野狗差不离。后来它自个儿找了几户人家，也都因为它咬羊，又被打出家门几次。要不是牧民念它咬死过几条狼，早就把它打死了。

按草原规矩，咬羊的狗必须杀死，以防家狗变家贼，家狗变回野狼，搅乱狗与狼的阵线，这也是给其他野性未泯的狗一个教训。牧民都劝陈阵把它打跑，但陈阵没有这样做。陈阵觉得它很可怜，也对它十分好奇，它居然能在野狼成群、冰天雪地的残酷草原生存下来，想必本事不小，便把它带回到自己的蒙古包里。

再说，自从搬出了毕利格老人的蒙古包，离开了那条威风凛凛的杀狼猛狗巴勒，陈阵仿佛缺了左膀右臂。陈阵对牧民说，他们包里的狗都是猎狗快狗，年龄也小，正缺这样大个头的恶狗看家护圈，不如暂时先把它留下以观后效，如果它再咬死羊，由他来赔。

几个月过去了，“二郎神”并没有咬过羊。但陈阵看得出它是忍了又忍，主动离羊群远远的。陈阵听毕利格老人说，这几年草原上来了不少打零工的盲流，把草原上为数不多的流浪狗快打光了。他们把野狗骗到土房里吊起来灌水把它们呛死，再剥皮吃肉。看来这条狗也差点被人吃掉，可能是在最后一刻才逃脱的。它不敢再流浪，不敢再当野狗了。流浪狗不怕吃羊的狼，却怕吃狗的人。

这条大恶狗夜里看羊护圈吼声最凶，拼杀最狠，嘴上常常有狼血。一冬天过去，陈阵杨克的羊群很少被狼掏、被狼咬。在草原上，狗的任务主要是“下夜”(指值夜班看护畜群)、看家和打猎。白天，狗不跟羊群放牧，也隔离了狗与羊，这些条件也许能帮这条恶狗慢慢改邪归正。

陈阵的蒙古包里，其他几个知青对“二郎神”也很友好，总是把它喂得饱饱的。但“二郎神”从来不与人亲近，对新主人收留它的善举也没有任何感恩的表示。它不和黄黄伊勒玩耍，见到主人，连摇尾的幅度也小到几乎看不出来。白天没事的时候，它经常会单身独行在草原上闲逛，或卧在离蒙古包很远的草丛里，远望天际，沉思默想，微眯的眼睛里，流露出一种对自由草原向往和留恋的神情。

某个时刻，陈阵突然醒悟，觉得它不大像狗，倒有点像狼。狗的祖先是狼，中国西北草原最早的民族之一——犬戎族，自认为他们的祖先是两条白犬，犬戎族的图腾[1]就是狗。

陈阵曾经疑惑：强悍的草原民族怎能崇拜人类的驯化动物狗的呢？可能在几千年前，草原狗异常凶猛，野性极强，或者干脆就是狼性未退、带点狗性的狼？犬戎族崇拜的白犬很可能就是白狼的一种。有史料提及古代西北草原也确实有白狼部族，他们的头领被称为白狼王。陈阵想，难道他捡回来的这条大恶狗，竟是一条狼性十足的

①图腾：原始社会的人认为跟本民族有血缘关系的某种动物或自然物，一般用作本民族的标志。

狗，或是带有狗性的狼？也许在它身上出现了严重的返祖现象？

陈阵经常有意地亲近“二郎神”，蹲在它旁边，顺毛抚摸，逆毛挠痒，但它也很少回应。目光说不清是深沉还是呆滞，尾巴摇得很轻，只有陈阵能感觉到。它好像不需要人的爱抚，不需要狗的同情，陈阵不知道它想要什么，不知道怎样才能让它回到狗的正常生活中，像黄黄伊勒一样，有活干，有饭吃，有人疼，自食其力，无忧一生。

陈阵常常也往别处想：难道它并不留恋狗群的生活，打算返回到狼的世界里去？但为什么它一见狼就掐，像是有不共戴天之仇。从外表上看，它完完全全是条狗，一身黑毛就把它与黄灰色的大狼划清了界线。但是印度、苏联、美国、古罗马的狼，以及蒙古草原古代的狼都曾收养过人孩，难道狼群就不能收留狗孩吗？可是它要是加入狼群，那马群牛群羊群就该遭殃了。可能对它来说，最痛苦的是狗和狼两边都不接受它，或者，它两边哪边也不想去。

陈阵有时对自己说，它绝不是狼狗，狼狗虽然凶狠但狗性十足。它有可能是天下罕见的狗狼，或狗性狼性一半一半，或狼性略大于狗性。陈阵摸不透它，但他觉得应该好好对待它、慢慢琢磨它。陈阵希望自己能成为它的好朋友。

后来陈阵和杨克不再叫它二郎神，而管它叫二郎，与二狼谐音，含准狼的意，不要神。

陈阵轻轻地给二郎挠脖子，它还是没有多少感谢的表示。但陈阵知道，一旦带它外出打猎，它的表现肯定会超过黄黄和伊勒。

5
哪里才是狼的家

第二天凌晨时分，陈阵和杨克已经带着黄黄和二郎悄悄登上了黑石头山附近的一个小山头，两匹马都拴上了牛皮马绊子，站在山后的隐蔽处。二郎和黄黄的猎性都很强，如此早起，必有猎情，两条狗匍匐在雪地上一声不响，警惕地四处张望。

36

云层遮没了月光和星光，黑沉沉的草原异常寒冷和恐怖，方圆几十里只有他们两个人。而此刻正是狼群出没、最具攻击性的时候。不远处的黑石头山像一组巨兽石雕压在两人身后，使陈阵感到后背一阵阵发冷。身边只有自家的两条狗，孤单单的，显得一点儿气势声威都没有。陈阵开始为身后的两匹马担心，也对自己的冒险行动害怕起来。

忽然，东北边传来了狼嗥声，向黑黑的草原山谷四处漫散，余音袅袅，如箫如簧，悠长凄寒。几分钟后狼嗥的尾音才渐渐散去，静静的草原又远远传来一片狗叫声。陈阵身旁的两条狗依然一声不吭，它俩都懂得出猎的规则：下夜护圈需要狂吠猛吼，而上山打猎则必须敛声屏息。

陈阵把一只手伸到二郎前腿腋下的皮毛里取暖，另一只手搂住它的脖子。出发前，杨克已把它们喂得半饱，猎狗出猎不能太饱又不能太饥，饱则无斗志，饥则无体力。食物已在狗的体内产生作用，陈阵的手很快暖和起来，甚至还可以用暖手去焐狗的冰冷的鼻子，二郎轻轻地摇起了尾巴。身边有这条杀狼狗，陈阵心里才感到踏实了一些。

杨克紧紧抱着黄黄，小声对陈阵说：“嗳，连黄黄也有点害怕了，它一个劲地发抖哩，不知是不是闻着狼味儿了……”

陈阵拍了拍黄黄的头，小声说:“别怕，别怕，天快亮了，白天狼怕人，咱们还带着套马杆呢。”其实，这会儿陈阵的手，已跟着黄黄的身体轻轻地抖了起来。他故作镇定地说:“你看，咱俩像不像特工嘛，深入敌后，狼口拔牙，现在我一点儿也不困了。”

杨克也壮了壮胆说:“打狼就是打仗，斗体力，斗精力，斗智斗勇，三十六计除了美人计使不上，什么计都得使。”

陈阵说:“可也别大意啊，我看三十六计还不够对付狼的呢。”

杨克说:“那倒也是，咱们现在使的是什么计？利用母狼回洞喂奶的线索，来寻找狼洞，三十六计里可没这一条。老阿爸真是诡计多端，这一招真够损的。”

陈阵说:“谁让狼杀了那么多的马呢！阿爸也是让狼给逼的。我听巴图说，阿爸已经好几年没给狼下夹子了，蒙古老人从来不对狼斩尽杀绝。”

天色渐淡，黑石头山已经不像石雕巨兽，渐渐显出巨石的原貌。东方的光线从云层的稀薄处缓缓透射到草原上，视线也越来越开阔。人和狗紧紧地贴在雪地上，陈阵拿着望远镜四处张望，地气很重，镜头里一片雾茫茫。

陈阵很担心，如果母狼在地气的掩护下悄悄回洞，那人和狗就白冻半夜了。幸好地气很快散去，变成一层轻薄透明的雾气，在草尖上飘来荡去。如有动物走过，反而会惊动地雾，暴露自己。

突然，黄黄向西边转过头去，鬃毛竖起，全身紧张，向西匍匐挪动，二郎也向西边转过头去。陈阵立即意识到有情况，急忙把望远镜镜头对准西边草甸——

山下，山坡与草甸交界处的洼地上，长着一大片干黄的旱苇，沿着山脚一直向东北方向延伸。这是狼的钟爱之地，隐蔽，背风，是狼在草原与人进行游击战所凭借的“青纱帐”。毕利格老人常说，一冬一春的旱苇地，是狼转移、藏身和睡觉的地方，也是猎人猎狗打狼的猎场。

黄黄和二郎可能听到了狼踏枯苇的声音。时间对，方向也对，陈阵想一定是母狼要回窝了。他仔细地搜索苇地的边缘，等着狼钻出来。老人说过，苇地低洼，春天雪化会积水，狼不会在那儿挖洞。狼洞一般都在高处，水灌不着的地方。陈阵想只要狼从哪儿钻出来，那它的窝一定就在附近的山坡上。

两条狗忽然都紧紧盯着一处旱苇不动了，陈阵赶紧顺着狗盯的方向望去，他的心一下子狂跳起来：一条大狼从苇地里探出半个身子，东张西望。两条狗立刻把头低了下去，下巴紧贴地面。两人也尽量趴下身体。

狼仔细地看了看山坡，然后才嗖地蹿出苇地，向东北方向的一个山沟跑去。

陈阵一直用望远镜跟着狼，这条狼与他上次看到的那条母狼有点像。狼跑得很快但也很吃力，想必在夜里偷了哪家的羊，吃得很饱。他想如果今天这儿就只有这一条狼，那他就不用怕了，两个人加两条狗，尤其是有二郎，肯定能对付这条母狼。

母狼爬上了一个小坡。

陈阵想，只要看到它再往哪个方向跑，就可以断定狼洞的大致位置了。但是，就在这时，狼突然在小山坡的顶上站住了，转着身子，东望望，西望望，然后望着人与狗潜伏的方向不动了。

两个人紧张得不敢喘一口气，狼站的位置已经比苇地高得多，它在苇地里看不到人，可是站在这个小坡上应该能看到。陈阵深感自己缺乏实战经验，刚才在狼往山坡上跑的时候他们和狗后退几米就好了，谁会想到狼的疑心这么重。

狼紧张地伸长前半身，使自己更高一些，再次核实一下它所发现的敌情。它焦虑地原地转了两圈，犹疑片刻，然后嗖地掉头 45 度，向山坡东面的大缓坡蹿去，不一会儿就跑到一个洞口，一头扎进洞里。

“好！有门！这下子咱们就可以大狼小狼一窝端了。”杨克拍手大叫。

陈阵也兴奋地站起身来说：“快，快上马。”

两条狗围着陈阵蹦来跳去，急得哈哈喘气，跟主人讨口令。陈阵手忙脚乱之中，居然忘记给狗发口令了，急忙用手指向狼洞，叫一声“啾”！两条狗立即飞扑下山，直奔东坡的狼洞。两人也飞跑下山，解开马绊子，扶鞍认镫，撑杆上马，快马加鞭向狼洞飞奔。两条狗已经跑到狼洞口，正冲着洞狂叫。

两人跑到近处，只见二郎像疯狗一样张牙舞爪冲进洞，又退出来，退出来，又冲进去，却不敢冲得太深。黄黄站在洞口助威呐喊，还不断地就地刨土，雪块土渣飞溅。两人滚鞍下马，跑到洞口一看，真真把他俩吓了一跳：一个直径七八十厘米的蛋形洞口里面，那条母狼正在发狂地猛攻死守，把冲进洞的粗壮的二郎顶咬出洞，还探出半个狼身，与两条狗拼命厮杀。

陈阵扔下套马杆，双手举起铁锨不顾一切朝狼头砸去。狼反应极快，还未等铁锨砸下一半，狼已经把头缩了进去。狼很快又龇着狼牙冲了出来，杨克一铁棒下去，又打了个空。几出几进，几个来回，陈阵终于狠狠地拍着了狼头，杨克也打着了一下。但那狼依然凶猛疯狂，它突然缩到洞里一米左右的地方，等二郎冲进去的时候，狼蹿上去狠狠地在二郎前胸咬了一口。二郎满胸是血退出洞口，气得两眼通红，又怒吼几声一头扎进洞里，洞外只见一条大尾在晃。

陈阵突然想起套马杆，立刻回身从地上捡起杆。杨克一看马上明白了陈阵的意图，说："对了，咱们来给它下一个套。"

陈阵抖开套绳，准备把半圆形的绞索套放在洞口。只要狼一冲出洞，就横着拽杆拧绳，勒套住狼，再把狼拽出洞，那时杨克的铁棒就可以使上劲，再加上两条狗，肯定就能把狼打死。陈阵紧张得喘不过气来。但是，还未等他下好套，二郎又被狼顶咬了出来，它的两条后腿一下子把套绳全弄乱了。紧接着，满头是血的狼就冲出了洞，但是套绳却被它一脚踩住。狼一见套马杆和套绳，像是踩到漏电的电线一样，吓得嗖地缩进洞里，再也不露面了。

陈阵急忙探头往洞里看，洞道向下倾斜35度左右，显得十分陡峭；洞深两米处，地道就拐了弯，不知里面还有多深。杨克气得对洞大吼了三声，深深的黑洞立即把他的声音一口吞没。

陈阵猛地坐到了洞口平台上，懊丧之极："我真够笨的，要是早想起套马杆，这条狼也早就没命了。跟狼斗反应真得快，不能出一点错。"

杨克比陈阵还懊丧，他把带尖的铁棒戳进地里，愤愤地说："妈的，这条狼就欺负咱们没枪，我要有枪，非掀了它的天灵盖不可。这样耗下去，哪是个头？我看咱们还是拿'二踢脚'炸吧！"

陈阵叹了口气说："可是，'二踢脚'也炸不死狼。"

杨克不甘心地说："炸不死狼，但是可以吓狼，把它吓个半死，熏个半死。我把皮袍脱了，等二踢脚一扔进洞，我就用皮袍捂在洞口上，把烟都严严实实捂在洞里头，捂上一会儿，狼准保呛得受不了。"

"要是狼还不出来，怎么办？"

"我听马倌说，狼特怕枪声和火药味，只要扔进去三管二踢脚，那就得炸六响，洞里拢音，声音比外面响好几倍，绝对能把狼炸蒙。狼洞里空间窄，那火药味肯定特浓、特呛。我敢打赌，三炮下去，狼准保被炸出来、呛出来。你等着拽套吧。我看大狼后面还会跟出来一群小狼崽，那咱俩就赚了。”

陈阵想了想说：“那好吧，就这么干。这次咱俩可得准备好了。我得先看看这个狼洞附近还有没有别的出口。狡兔还三窟呢，狡狼肯定不止这一个洞。狼太贼了，人的心眼再多都不够用。”

打狼就是打仗，斗体力，斗精力，斗智斗勇，三十六计除了美人计使不上，什么计都得使。

6
眼睁睁地让母狼溜掉了

陈阵骑上马，带上两条狗，以狼洞为中心，一圈一圈地仔细寻找别的出口。

满目残雪枯草，地上的黑洞应该不难找。但是，在直径百米方圆以内，陈阵和狗没有发现一个洞口。陈阵下了马，把两匹马牵到远处，系上马绊；又走到狼洞口，摆放好套绳，放好铁锨、铁棒。

陈阵留神看了一眼二郎，见它正在费劲地低头舔自己的伤口。它的前胸又被狼咬掉一块二指宽的皮肉，伤口处的皮毛在抽动，看来二郎疼得够戗，但它仍然一声不吭。两人身上什么药和纱布也没有，只能眼看着它用自己的舌头和唾液来消毒、止血、止疼。这是狗狗们天生就会的传统疗伤方法，然后等回去后主人再给它上药包扎。二郎身上的伤大多是狼给它留下的，所以它一见狼就分外眼红。陈阵觉得自己也许误解了它，二郎仍然是条狗，一条比狼还凶猛的狼狗。

杨克一切准备就绪，他披着皮袍，抓着三管像爆破筒一样粗的大号二踢脚，嘴里叼着一根点着了的海河牌香烟。

陈阵笑着说：“你哪像个猎人，活像‘地道战’里面的日本鬼子。”

杨克嘿嘿笑着说：“我这是入乡随俗，胡服骑射。我看狼的地道里肯定没有防瓦斯弹的设备。”

陈阵说：“好吧，扔你的瓦斯弹吧！看看管不管用。”

杨克用香烟点着了一管二踢脚，哧哧地冒着烟，朝洞里狠劲摔进去，紧接着又点着两管，扔了进去。三个“爆破筒”顺着陡道滚进洞的深处，他随后立即将皮袍覆盖在洞口上。不一会儿，洞里发出沉闷的爆炸声，一共六响，炸得脚下山体微微震动。此刻，洞里一定炸声如雷，气浪滚滚，硝烟弥漫，蒙古草原狼洞肯定从来没有遭受过如此猛烈的轰炸。虽然他俩听不到狼洞深处的鬼哭狼嚎，但两人都觉得深深地出了一口恶气。

杨克冻得双手交叉抱着肩问：“哎，什么时候打开？”

陈阵只能被迫担当起指挥员的角色，说：“再闷一会儿。先开一个小口子，等看到有烟冒出来，再把洞口全打开。”

陈阵掀开皮袍的一小角，没见到多少烟，又把它盖上。他看杨克冻得有些发抖，就想解腰带，跟他合披一件皮袍。

杨克连忙摆手说："留神，狼就快出来了！你解了袍子腰带，动作就不利索了。没事，我能扛住了。"

两人正说着，忽然，黄黄和二郎一下子站了起来，都伸长脖子往西北方向看，嘴里发出呜呜呼呼的声音，显得很着急。两人急忙侧头望去，西北方向二十多米远的地方，从地下冒出一缕淡蓝色的烟。

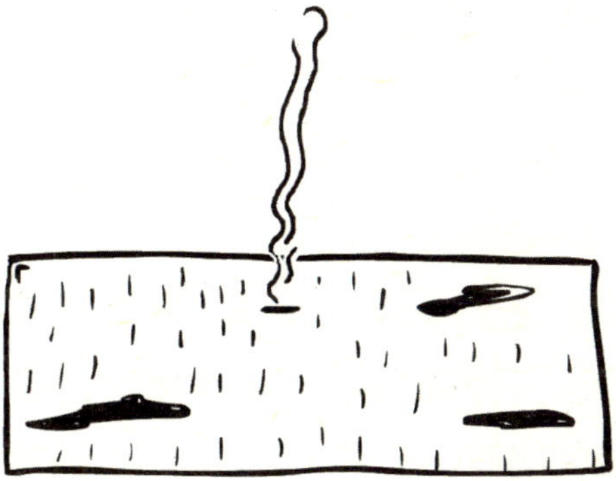

陈阵呼地站起来，大喊："不好，那边还有一个洞口，你守着这儿，我先过去看着……"陈阵一边说一边拿着铁锨向冒烟处跑去，两条狗紧随其后。

这时，只见从冒烟的地下，忽地蹿出一条大狼，就像隐蔽的地下发射场发出的一枚地对地导弹，嗖地射出，以拼命的跳跃速度朝西边山下苇地奔去，眨眼间，就冲进苇地，消失在密密的枯苇丛林里。二郎紧追不舍，也冲进苇地，苇梢一溜晃动，一直向北延伸。

陈阵害怕有诈，急得大喊：“回来回来！”二郎肯定听到了喊声，但它仍是穷追不舍。黄黄冲到苇地旁边，没敢进去，象征性地叫了几声就往回走。

杨克一边穿着皮袍，一边向刚才冒烟的地方走去，陈阵也走了过去。到了那个洞口，两人又吃一惊：雪地上的这个洞是个新洞，碎石碎土都是新鲜的，显然是狼刚刚刨开的一个虚掩的临时紧急出口。这里，平时像一块平地，战时就成了逃命的通道。

杨克气得脖子上青筋绽出，大叫：“这条该死的狼，把咱俩给耍了！”

陈阵长叹一声说：“狡兔三窟虽然隐蔽，总还在明处。可狡猾的狼，就不知道它有多少窟了。这个洞的位置大有讲究，你看，洞外就是一个陡坡，陡坡下面又是苇地。只要狼一出洞，三步两步就蹿到安全的地方了。这个洞的选址智商极高，比狡兔的十窟八窟还管用。上次包顺贵说狼会打近战、夜战、奔袭战、游击战、运动战，一大堆的战。下次我见到他还得跟他说说，狼还会打地道战和青纱帐战，还能把地道和青纱帐连在一起用。‘兵者，诡道也。’狼真是天下第一兵家。”

杨克仍是气呼呼的：“电影里把华北的地道战、青纱帐吹得天花乱坠，好像是天下第一大发明似的。我现在算是明白了，实际上狼在几万年前就发明出来了。”

“认输了?”陈阵问。他有点怕他的老搭档退场，打狼可不是一个人能玩得转的事情。

“哪能呢。草原上放羊太寂寞，跟狼斗智斗勇，又长见识又刺激，挺好玩的。我是羊倌，护羊打狼，也是我的本职。”

两人走到大洞口旁边，洞里还在往外冒烟，烟雾已弱，但火药味仍然呛鼻。

杨克探头张望:“小狼崽应该爬出来了啊，这么大的爆炸声，这么呛的火药味，它们能待得住吗?是不是都熏死在里面了?”

陈阵说:“我也这么想。咱们再等等看，再等半个小

时，要是还不出来，那就难办了。这么深的洞怎么挖？我看比打一口深井的工程量还要大。就咱俩，挖上三天三夜也挖不到头。狼的爪子也太厉害了，在这么硬的沙石山地居然能挖出这么庞大的地下工事。再说，要是狼崽全死了，挖出来有什么用？”

杨克叹道：“要是巴雅来了就好了，他准能钻进去。”

陈阵也叹了一口气说：“可我真不敢让巴雅来，你敢保证里面肯定没有别的大狼？嘎斯迈就这么一个宝贝儿子，她舍得让巴雅抓狼尾、钻狼洞？”

杨克恨恨地说：“草原狼真他妈厉害，繁殖能力比汉人还强，而且连下崽都要修筑这么深、这么坚固复杂的产房工事，害咱俩白忙乎半天……算了，回头再讨伐它，咱们还是先吃点东西吧，我真饿了。”

陈阵走到马旁，从鞍子上解下帆布书包，又走回洞口。黄黄一见这个满是油迹的土黄色书包，立刻摇着尾巴，咧着嘴，哈哈、哈哈地跑过来。这个书包是陈阵给狗们出猎时准备的食物袋。他打开包，拿出一小半手把肉递给黄黄，剩下的给二郎留着，二郎还没回来，陈阵有些担心。冬春的苇地是狼的地盘，如果二郎被那条狼诱入狼群，肯定凶多吉少。二郎是守圈护羊的主力，这次出师不利，假如又折一员大将，那就亏透了。

黄黄一边吃肉一边频频摇尾。黄黄是个机灵鬼，它遇到兔子、狐狸、黄羊，勇猛无比；遇到狼，它会审时度势：如果狗众狼寡，它会凶猛地去打头阵；如果没有强大的支援，它绝不逞能，不单独与大狼搏斗。它刚才临阵脱逃，不去帮二郎追狼，是它怕苇地里藏着狼群。黄黄很善于保护自己，这也是它的生存本领。陈阵宠爱通人性的黄黄，不怪它不仗义，但开春以来，他越来越喜欢二郎了。它似乎不太通人性，身上的兽性显得更强。在陈阵看来，在这个残酷竞争的世界里，一个民族首先需要的是猛兽般的勇气和性格。他站起来，用望远镜向西北边的苇地望去，希望看到二郎的去向。

但二郎完全不见了踪影。陈阵从怀里掏出一个生羊皮口袋，这是嘎斯迈送给他的食物袋，防潮隔油，揣在怀里既保温又不脏衣服。他掏出烙饼、手把肉和几块奶豆腐，和杨克分食。两人都不知道下一步该怎么办，一边吃一边苦想。

狼会打近战、夜战、奔袭战、游击战、运动战，一大堆的战。狼是天下第一兵家。

7
第一次钻狼洞

杨克把烙饼撕下一大块塞进嘴里，说：“这狼洞真真假假，虚虚实实，有狼崽的洞，总是在人最想不到的隐蔽地儿。这回咱俩好不容易找准一个，可不能放过它们。熏不死，咱就用水灌洞，拉上十辆八辆木桶水车，轮番往里灌，准能把小狼崽淹死！”

陈阵讥讽道：“草原山地是沙石地，哪怕你能搬来水库，水也一会儿就渗没了。”

杨克想了想，忽然说：“对了，反正洞里没有大狼了，咱们是不是让黄黄钻进洞，把小狼崽一个一个地叼出来？”

陈阵忍不住笑起来：“狗早就通了人性，背叛了狼性。它的鼻子那么尖，一闻就闻着狼味儿了。狗要是能钻进狼洞叼狼崽，那就趁母狼不在洞的时候敞开叼好了，那草原上的狼，早就让人和狗消灭光了。你当牧民都是傻蛋?”

杨克不服气地说:“咱们可以试试看嘛，这也费不了多大劲。”说完，他就把黄黄叫到洞边，洞里的火药味已散去大半。杨克用手指了指洞里面，然后喊了一声“啾”。黄黄马上明白了杨克的意图，立刻吓得往后退。杨克用两腿夹住黄黄的身子，双手握住它的两条前腿，使劲把黄黄往洞里塞。黄黄吓得夹紧尾巴呜嗷直叫，拼命挣扎，斜着眼可怜巴巴地望着陈阵，希望能免了它这个差事。

陈阵说:“看见了吧，别试了。进化难，退化更难。狗是退化不成狼了。狗只能蜕变成弱狗，懒狗，笨狗。人也一样。”

杨克放开了黄黄，说:“可惜二郎不在，它的狼性特强，没准它敢进洞。”

陈阵说:“二郎要是敢进洞，准把小狼崽一个个全咬死了，可我想要活的。”

杨克点头:“那倒是，这家伙一见到狼就往死里掐。”

黄黄吃完了手把肉，独自到不远处溜达去了，它东闻闻，西嗅嗅，并时时抬起后腿，对着地上的突出物撒几滴尿做记号。它越走越远，二郎还没回来，陈阵和杨克坐在狼洞旁傻等傻看，一筹莫展。狼洞里一点动静也没有。一窝狼崽七八只、十几只，即使被炸被熏，也不可能全死掉，总该有一两只狼崽逃出来吧？就是凭本能它们也应该往洞外逃的。又过了半小时，仍然不见狼崽出来，两人嘀咕着猜测：要不狼崽已经全都熏死在洞里；要不，这狼洞里根本就没有狼崽。

正当两人收拾东西准备回撤的时候，突然隐隐听见黄黄在北面山包后面不停地叫，像是发现了什么猎物。陈阵和杨克立即上马向黄黄那边奔去。登上山包顶，只听到黄黄叫，仍不见黄黄的身影。

两人循声策马跑去，但没跑多远马蹄就绊上了雪下的乱石，两人只好勒住马。前面是一大片沟壑条条、杂

草丛生的破碎山地，雪面上有一行行大小不一、图案各异的兽爪印，细细查看，可知有兔子、狐狸、沙狐、雪鼠，还有狼，曾从这里走过。雪下全是石块石片，石缝里长的大多是半人多高的茅草、荆棘和地滚草，干焦枯黄，一派荒凉，像关内荒山里的一片乱坟岗。

两人小心翼翼地控制着马嚼子，马蹄仍不时磕绊和打滑。这是一片没有牧草、牛羊马都不会来的地方，陈阵和杨克也从未来过此地。

黄黄的声音越来越近了，但两人还是看不见它。陈阵说："这儿野物的脚印多，没准黄黄抓着了一条狐狸，咱们快走。"杨克说："那咱们就算没白来一趟。"两人总算绕过荆棘丛，下到沟底，拐了个小弯，终于看到了黄黄。

这次陈阵和杨克更是吓了一大跳：黄黄居然翘着尾巴，冲着一个更大更黑的狼洞狂叫。沟里阴森恐怖，狼

气十足，冷风吹来，陈阵的头皮一阵阵发麻。他感到像是误入了狼群的埋伏圈，数不清的狼眼从看不见的地方向你瞪过来，吓得他身上的汗毛像豪猪毛刺一样地竖了起来。

两人下了马，上了马绊，拿着家伙，急忙走到洞前。这个狼洞，坐北朝南，洞口高约一米，宽有60厘米。陈阵从来没有见过这么大的狼洞，比他在中学时去河北平山学农见到的抗战时期的地道口还要大。它隐蔽地藏在大山沟的小沟折里，沟上针草丛生，沟下尖石突兀，不到近处，难以发现。

黄黄见到两个主人顿时兴奋，围着陈阵跳来蹦去，一副邀功请赏的样子。陈阵对杨克说："这个洞肯定有戏，没准黄黄刚才看见狼崽了，你瞧它直跟我表功哪。"

杨克说："我看也像，这儿才像真正的狼巢，阴森可怕。"

陈阵说："狼骚味真够冲的，肯定有狼！"

陈阵急忙低头查看洞外平台上的痕迹，狼洞外的平台，是狼用掏洞掏出的土石堆出的，洞越大，平台就越大。这个平台有两张课桌大小，平台上没有雪，有许多爪印，还有一些碎骨。

陈阵的心怦怦直跳，这正是他想看到的东西。他把黄黄请出平台，让它站在一旁替他们放哨，然后和杨克跪在平台旁边，俯下身细细辨认。黄黄已经把平台上原先的痕迹踩乱了，但是两人还是找到了不少确凿的证据——两三个大狼的脚印和五六个小狼崽的爪印。狼崽的爪印，呈梅花状，两分镍币大小，小巧玲珑，非常可爱。小爪印非常清晰，好像这窝小狼崽刚才还在平台上玩耍过，听见了陌生的狗叫声才吓回洞里去。而这个平展无雪的平台，好像是母狼专为小狼崽清扫出来的户外游戏场。

平台上还有一些羊羔的碎骨渣和卷毛羔皮，羊羔嫩骨上面有小狼崽的舔痕和细细的牙痕。在平台旁边还发现几根小狼崽的新鲜粪便，筷子般粗细，约两厘米长短，乌黑油亮，像是用中药蜜丸搓成的小药条。

陈阵用巴掌猛一拍自己的膝盖说：“我要找的小狼崽就在这个洞里。咱们两个大活人让那条母狼给涮了。”

杨克也突然猛醒，他用力拍了一下平台说：“没错，那条母狼原本就是往这个洞的方向跑的，它在山包上看见了人影，突然临时改变路线，把咱俩骗到那个空洞去了。它还装得跟真的似的，跟狗死掐，真好像在玩命护犊子。狼他妈的狼，我算是服了你了！”

陈阵回忆说：“它改变路线的时候，我也有点怀疑，但是它实在装得太像了，我就没有怀疑下去。它可真能随机应变。要不是你炸了它三炮，它绝对可以跟咱俩周旋到天黑，那就把咱们坑惨了。”

杨克说：“咱们也亏得有这两条好狗，没它们，咱俩早就让狼斗得灰溜溜地败下阵来了。”

陈阵发愁地说：“现在更难办了，这条母狼又给咱俩出了难题，它让咱俩浪费了大半天时间，还浪费了三个‘瓦斯弹’。这个洞在山的肚子里，比刚才那个洞还深，还复杂。”

杨克低头朝洞里看了半天，说：“时间不多了，‘瓦斯弹’也没了，好像真是没什么招了。我看还是先找找这个洞有没有别的出口，然后咱们再把所有洞口的出口全部堵死，明天咱们再多找些牧民一块儿来想办法，你也可以问问阿爸，他的主意最多最管用。”

陈阵有点不甘心，心一横，说："我有一招，可以试试。你看这个狼洞大，跟平山的地道差不多，平山的地道咱们能钻进去，这个狼洞怎么就不能钻进去呢？反正二郎正跟那条母狼死掐着呢，这洞里多半没有大狼。你用腰带拴住我的脚，慢慢把我顺下去，没准能够着小狼崽呢。就算够不着，我也得亲眼看一看狼洞的内部构造。"

杨克听了连连摇头说："你不要命啦，万一里面还有大狼呢。我已经让狼给涮怕了，你敢说这个洞就是那条母狼的洞？如果是别的狼洞呢？"

陈阵心中憋了两年多的愿望突然膨胀起来，压倒了心虚和胆怯。他咬牙说道："连蒙古小孩都敢钻狼洞，咱们不敢钻，这不是太丢人了吗？我非下去不可。你帮我一把，我拿着手电和铁钎子，要是真有大狼也能抵挡一阵子。"

杨克也来了劲："你要真想下，那就让我先下，你比我瘦，我比你有劲儿！"

陈阵说："这恰好是我的优势，狼洞里面窄，到时候准把你卡住。现在，别争了，谁胖谁留在洞外。"

陈阵脱掉皮袍，杨克勉强地把手电、铁钎和书包递给他，并用陈阵那条近两丈长的蒙袍腰带，让陈阵拴住自己的双脚。杨克又把自己的长腰带解下来，连接在陈阵的腰带上。

陈阵在入洞前说："不入狼穴，焉得狼崽！"杨克一再叮嘱："如果真遇上大狼，就大声喊、用力钩腿、拽腰带、发信号，我立即就会把你拉出来。"

陈阵打开电筒，匍匐在地，顺着向下近 40 度的斜洞往下爬滑。洞里有一股浓烈的狼骚味，呛得他不敢大口呼吸。他一点一点地往下爬，洞壁还比较光滑，有些土石上挂着几缕灰黄色的狼毛。在洞道的地面上布满了小狼崽的脚爪印。陈阵很兴奋，心想也可能再爬几米就能摸到小狼崽了。他的身体已经完全进洞，杨克一点一点放腰带，并不住地大声问要不要出来。陈阵大声喊："放带放带！"然后用两肘代手前后挪动，几寸几寸地往下蹭。

大约离洞口两米多，狼洞开始缓缓拐弯，再往里爬了一会儿，洞外的光线已经照不到洞里了。陈阵把手电开关推到头，洞里的能见度全靠电筒光来维持。拐过弯去，洞的坡度突然开始平缓，但是洞道也突然变矮变窄，必须低头缩肩才能勉强往里挪。

陈阵一边爬一边观察洞道洞壁，这儿的洞壁比洞口处更光滑，更坚固。不像是狼爪子掏出来的，倒像是用钢钎凿出来的一样。他用肩膀蹭壁，也很少蹭下土石碎渣；用铁钎捅了捅洞顶，也没有多少土渣落下，这使他消除了对洞内塌方的担忧。他简直难以相信狼用它们的爪子在这么坚硬的山地里，能掏出如此深的洞来。洞的侧壁上的石头片已被磨掉棱角，光滑如卵石。根据这种磨损程度，这个狼洞肯定是个百年老洞，不知有多少大狼小狼，公狼母狼，曾在这个洞里进进出出。陈阵感到自己已完全进入狼的世界，狼气逼人。

陈阵爬着爬着，越来越感到恐惧。他鼻子下面就有几个被狼崽爪印踩过的大狼爪印，万一这洞里有大狼，靠这根铁钎能打得过吗？洞窄，狼牙可能不容易够得着人，但是狼的两条长长的前腿和前爪，却可以在这个窄洞里游刃有余，那他还不被狼撕烂？怎么就没想到狼爪呢，他全身的汗毛又竖了起来。

陈阵停了下来，犹豫着，只要用脚钩一钩腰带，杨克就可以迅速地把他拽出去。但他想到可能近在咫尺的八九只、十几只小狼崽，实在舍不得退出去，便下意识地咬紧了牙，没动腰带，硬着头皮继续往里蹭挪。洞壁已几乎把他的身体包裹起来，他觉得自己不像个猎人，倒很像个掘墓大盗。空气越来越稀薄，狼骚味越来越浓重，他真怕自己憋死在洞里。考古发掘经常发现盗墓者就是死在这样的窄洞里的。

一个更小的窄洞卡口终于挡在面前，这个卡口仅能通过一条匍匐行进的母狼，而恰恰能挡住一个成年人，显然，这是狼专门为它在草原上唯一的天敌设置的。陈阵想，狼也一定是在这个卡口，做好了堆土堵烟堵水的防备。这个卡口实际上是一个防御工事，陈阵确实是被防住了。

陈阵仍不甘心，就用铁钎凿壁，企图打通这个关口。但是狼选择此地做关卡绝对有它的道理，陈阵凿了几下就停了手。这个卡口的上下左右全是大石块、大裂缝，看上去既坚固又悬乎。陈阵呼吸困难，再无力气撬挖，即使有力气也不敢撬，如果凿塌方了，那他反倒成了狼的陷阱猎物了。

陈阵大口吸着狼骚气，毕竟那里面还有几丝残碎的氧分子。他泄了气，知道已不可能抓到小狼崽了。但他还不能马上撤离，还想看看卡口那边的构造，万一能看上一眼小狼崽呢。

陈阵把最后的一点力气全用到最后的一个愿望上。他把头和右手伸进卡口，然后伸长了胳膊，用手电照。眼前的情景使他彻底泄气：在卡口那边竟是一个缓缓向上的洞道，再往上就什么也看不见了。上面一定更干燥舒适，更适于母狼育崽，还可以预防老天或天敌往洞里灌水。尽管他对狼洞的复杂结构早有思想准备，眼前这一道有效实用的防御设施，仍使他惊叹不已。

陈阵侧头细听，洞里一点声音也没有，可能小狼崽全睡着了，也可能它们天生就有隐蔽自己的本能，听见陌生声音进洞，便一声不吭。要不是他已喘不过气来，陈阵真想在离洞前，给它们唱一首儿歌："小狼儿乖乖，把门儿开开……" 可惜汉人的"人外公"还是抱不走蒙古"狼外婆"的小狼崽。陈阵终于憋得头晕眼花，他用了最后一点力气向上钩了钩后腿，杨克又着急又兴奋因而特别用力，竟然像拔河一样，把他快速地拔出了洞口。

陈阵灰头土脸，瘫坐在洞外大口大口地喘气，一边跟杨克说："没戏了，像是个魔鬼洞，怎么也到不了头。"

杨克失望地把皮袍披在陈阵的身上。

歇过气，两人又在方圆一两百米的范围内找了半个小时，只发现了大狼洞的另外一个出口，便就地撬出了几块估计狼弄不动的大石头，堵住副洞和主洞口，还用土把缝隙拍得严严实实。

临走前，陈阵还不解气，示威一般将铁锨插在大狼主洞的洞口，明确地告诉母狼：明天他们还要带更多的人和更厉害的法子来的。

天近黄昏，二郎还没有回来。那条母狼阴险狡猾，光靠二郎的骁勇凶猛可能还对付不了，两人都为二郎捏一把汗。陈阵和杨克只好带着黄黄回家。快到营盘时，天已漆黑，陈阵让杨克带上工具和黄黄先回家，给高建中报个平安，自己急忙拨转马头，朝毕利格老人的大蒙古包跑去。

草原狼的集体观念特强，特抱团，决不会让弟兄和家人吃亏。最后走的那条狼，一定是最有本事也最有劲的头狼。

8
蒙古老人的训词

老人抽着旱烟，不动声色地听完陈阵的讲述后，不客气地把他一顿好训。他最生气的是两个汉人学生用大爆竹炸狼窝，他还从来不知道用爆竹炸狼窝有这么大的威力和效果。老人捏着的银圆烟袋锅盖，在烟袋锅上抖出一连串的金属声响。

他抖着胡子对陈阵说："作孽啊，作孽啊……你们几炮就把母狼炸了出来。你们汉人比蒙古人点火熏烟厉害得多，母狼连刨土堵洞的工夫也没有了，蒙古狼最怕火药味。要是你们炸的是一个有狼崽的洞，那一窝狼崽就都会跑出洞，让你们抓住。这样杀狼崽，用不了多少时候，草原上的狼就通通没有啦。狼是要打的，可是不能这样打。这样打，腾格里（天）会发火的，草原就完啦。以后再不能用炮炸狼窝，万万不能告诉小马倌和别的人用炮炸洞，小马倌都会让你们带坏了……”

陈阵没有想到老人会发这么大的火，老人的话也使他感到炸狼窝掏狼崽的严重后果。此法一旦普及，狼洞内的防御设施再严密，也很难挡住大爆竹的巨响和火药呛味。

草原上一直没有节日点爆竹放焰火的风俗，烟花爆竹是盲流和知青带到草原的。草原上枪弹受到严格控制，但对爆竹还未设防，内地到草原沿途不查禁，很好带。如果爆竹大量流入草原，再加大药量，加上辣椒面、催泪粉，用于掏狼杀狼，那么称霸草原几万年的狼就难逃厄运了，草原狼从此以后真有可能被斩尽杀绝。

火药对于仍处在原始游牧阶段的草原，绝对具有划时代的杀伤力。狼是蒙古草原民族的图腾，这个民族的图腾如果被毁灭，那么民族的精神可能也就被扼杀。而且，蒙古民族赖以生存的草原也可能随之消亡……

陈阵也有些害怕了，擦了擦额头上的汗说：“阿爸，您别生气，我向腾格里保证，以后一定不会再用炮来炸狼窝了，我们也保证不把这个法子教给别人。”陈阵特别作了两次保证。

在草原，信誉是蒙族牧民的立身之本，是大汗留下来的训令之一。“保证”这个词的分量极重，草原部落之间从来都相信保证。蒙古人有时在醉酒中许下某个诺言，事后失信，因而丢掉了好狗好马好刀好杆，甚至丢掉了自己的好朋友。

老人的脸部肌肉开始松弛，他望着陈阵说：“我知道你打狼是为了护羊护马，可是护草原比护牛羊更重要。现在的小青年小马倌，成天赛着杀狼，不懂事理啊……收音机里尽捧那些打狼英雄。农区的人来管草原牧区，真是瞎管。再往后，草原上的人该遭罪了……”

嘎斯迈递给陈阵一碗羊肉面片，还特别把一小罐腌韭菜花放到他面前。她跪在炉子旁，又给老人添了一碗面片，对陈阵说：“你阿爸的话现在不大有人听了，让别人不打狼，可他自个儿也不少打狼，谁还信你阿爸的话？”

老人无奈地苦笑着，接过儿媳的话问陈阵：“那你信不信阿爸的话？”

陈阵说：“我信，我真的信。没有狼，草原容易被破坏。在很远很远的东南边大海边上，有一个国家叫澳大利亚。那儿有很大的草原，那儿原来没有狼也没有兔子，后来有人把兔子带到这个国家，一些兔子逃到草原。因为没有草原狼，兔子越生越多，把草原挖得坑坑洼洼到处都是洞，还把牧草吃掉一大半，给澳大利亚的牧业造成巨大损失。澳大利亚政府急得什么法子都用上了，都不管用。后来又做了大批铁丝格子网，铺在草原上，草能长出来，可兔子就钻不出来了。他们想把兔子全饿死在地底下。但是，这个法子还是失败了，草原太大，政府拿不出那么多的铁丝来。我原来以为内蒙草原草这么好，兔子一定很多，可是到了额仑草原以后，才发现这儿的兔子不太多，我想这肯定是狼的功劳。我放羊的时候，好多次见到狼抓兔子，两条狼抓兔子更是一抓一个准。”

老人听得入迷了，他目光渐渐柔和，不停地念叨：“澳大亚利，澳大亚利，澳大利亚。”然后说：“明天，你把地图给我带来，我要看看澳大利亚。往后谁要是再说把狼杀光，我就跟他说说澳大利亚。兔子毁草场可不得了，兔子一年可以下好几窝兔崽，一窝兔崽比一窝狼崽还多哪。到冬天，旱獭和老鼠都封洞不出来了。可兔子还出来找食吃，兔子是狼的过冬粮，狼吃兔子就能少吃不少羊。可就是这么杀，兔子还是杀不完。要是没有狼，在草原上走上三步就得踩着一个兔子洞了。”

陈阵赶紧说："我明天就给您送地图。我有很大的世界地图，让您看个够。"

老人想了想，又说："在蒙古草原，草和草原是大命，剩下的都是小命，小命要靠大命才能活命，连狼和人都是小命。吃草的东西，要比吃肉的东西更可恶。草虽是大命，可草的命最薄最苦，根这么浅，土这么薄，长在地上，跑，跑不了半尺；挪，挪不了三寸；谁都可以踩它、吃它、啃它、糟践它。一泡马尿就可以烧死一大片草。草要是长在沙里和石头缝里，可怜得连花都开不开、草籽都打不出来啊。在草原上，要说可怜，就数草最可怜。蒙古人最可怜最心疼的就是草和草原。兔子杀起草来，比打草机还厉害，把草原的大命杀死了，草

原上的小命全都没命！狼吃的可都是祸害草场的活物啊。”

陈阵听得入神，但心里仍在想着掏狼崽的事情。

“好啦，你累了几天了，早点回去休息吧。”老人看陈阵还不想走，又说，“你是不是想问你老阿爸怎么把那窝狼崽掏出来？”

陈阵犹豫了一下，还是点了点头，说：“这是我第一次掏狼崽，阿爸，您怎么也得让我成功一次啊。”

老人说：“教你可以，可往后不要多掏了。”

“那一定。”陈阵又作了一次保证。

老人喝了一口奶茶，诡秘地一笑：“你要是不问阿爸，你就别想再抓到那窝小狼崽了。我看，你最好饶了那条母狼吧，做事别做绝。”

陈阵着急地追问：“我怎么就抓不到那些小狼崽了呢？”

老人收了笑容说：“那个狼洞让你们炸了，后来那个洞又让你们钻过，洞里有了人味，洞口还让你们给堵了。母狼今晚准保搬家，它会刨开别的洞口钻进去，把小狼崽叼出洞，再到别处挖一个临时的洞，把狼崽藏起来。过几天它还会搬家，一直搬到人再也找不到的地方。”

陈阵的心狂跳起来，他忙问："这个临时的洞好找吗？"

老人说："人找不着，狗能找着。你的黄狗，还有两条黑狗都成。看来，你真是铁了心要跟这条母狼干到底了？"

陈阵说："阿爸，要不明天您老还是带我们去吧，杨克说他已经让狼给骗怕了。"

老人笑道："我明儿还要去北边遛套[①]。昨儿夜里我下的夹子夹了一条大狼，我没动它，估摸今儿夜里还有狼上夹。北边的狼群饿了，又回来了。这两天你要睡足觉，准备打围。这事儿最好等打过围再说吧。"

陈阵一时急得脸都白了。老人看看陈阵，口气松了下来："要不，你们俩明儿先去看看，狼洞味重，带着狗多转几圈，准能找着。新洞都不深，要是母狼把狼崽叼进另外一个大狼洞，那就不好挖了。掏狼崽还得靠运气。要是掏不着我再去。我去了，才敢让巴雅钻狼洞。"

小巴雅尔十分老练地说："你刚才说的那个洞卡子，我准能钻过去。钻狼洞非得快才成，要不就憋死啦。今天你要是带我去，我肯定把狼崽全掏出来了。"

---

①遛套：猎人在猎物经常出没的地方设置圈套，猎人要经常去查看是否有猎物被套住。

回到蒙古包，杨克还在等他。陈阵将毕利格的判断和主意给他讲了两遍，杨克仍是一副很不放心的样子。

半夜，陈阵被一阵凶猛的狗叫声惊醒，竟然是二郎回来了，看来它没被狼群围住。陈阵听到它仍在包外健步奔跑，忙着看家护圈，真想起来去给它喂食和包扎伤口，但是他已经困得翻不了身。二郎叫声一停，他又睡死过去。

9
一锨挖出了小狼崽

早上陈阵醒来时，发现杨克、高建中、道尔基正在炉旁喝茶吃肉，商量掏狼崽的事。道尔基是三组的牛倌，二十四五岁，精明老成，初中毕业后回家放牧，还兼着队会计，是牧业队出了名的猎手。他的父亲来自靠近东北的半农半牧区，在牧场组建不久带全家迁来落户，是大队里少数几家东北蒙古族外来户中的一家。

在额仑草原，东北蒙古族和本地蒙古族的风俗习惯仍有很大的差异，很少相互通婚。半农区的东北蒙古族都会讲一口流利的东北口音的汉话，他们是北京学生最早的蒙古语翻译和教师。但毕利格等老牧民几乎不与他们来往，知青也不想介入他们之间的矛盾。

杨克一大早就把道尔基请来，肯定是担心再次上当或遇险，想让道尔基来当顾问兼保镖。道尔基是个不见兔子不撒鹰的猎手，他能来，掏到狼崽就多了几分把握。

陈阵急忙起身穿衣招呼道尔基。道尔基冲陈阵笑了笑说:“你小子敢钻进狼洞去掏狼？往后可得留神了，母狼闻出了你的味，你走到哪儿，母狼就会跟到哪儿。”

陈阵吓了一跳，绒衣都穿乱了套，忙说:“那咱们真得把那条母狼杀了，要不我还活不活了?”

道尔基大笑:“我吓唬你呢！狼怕人，它就是闻出了你的味儿也不敢碰你。要是狼有那么大的本事，我早就让狼吃了。我十三四岁的时候也钻过狼洞，掏着过狼崽，我现在不是还活得好好的?”

陈阵松了一口气，问道:“你可是咱们大队的打狼模范，你这些年一共打死了多少条狼?”

“不算狼崽，一共有七八十条吧。要算小狼崽，还得加上六七窝。”

“六七窝至少也得有五六十条吧？那你打死的狼快有一百三四十条了，狼没有报复过你?”

“怎么没报复？十年了，我家的狗让狼咬死七八条，羊就更多，数不清了。”

“你打死这么多狼，狼要是杀没了，蒙古人死后，还怎么天葬啊？”

“我们从农区来的蒙古族，跟你们汉人差不多，人死了不喂狼，打口棺材土葬。这儿的蒙古族……太落后。”

陈阵沉下脸说：“额仑的牧民敬狼拜狼，人死了喂狼，让狼把人的灵魂带到腾格里去，是这儿的风俗；在西藏，人死了还喂鹰呢。要是你把这儿的狼打光了，额仑的人不恨你吗？”

道尔基满不在乎地说：“草原的狼太多了，哪能打得完？政府都号召牧民打狼，说打一条狼保百只羊，掏十窝狼崽保十群羊。我打的狼还不算多。白音高毕公社有个打狼英雄，他前年一个春天就掏了五窝狼崽，跟我十年掏的差不离。白音高毕的外来户多，东北蒙古族多，打狼的人也多，所以他们那儿的狼就少。”

陈阵问：“他们那儿的牧业生产搞得怎么样？”

道尔基回答说：“不咋样，比咱们牧场差远了。他们那儿的草场不好，兔子和老鼠太多。”

陈阵穿好皮袍，急忙出门去看二郎，它正在圈旁吃一只已被剥了羔皮的死羊羔。春天隔三差五总有一些伤病冻饿死的羊羔，是很好的狗食，草原上的狗们只吃剥了皮的死羔，从来不碰活羔。可是陈阵发现二郎一边啃着死羔，一边却忍不住去看圈里活蹦乱跳的活羔。

陈阵喊了它一声，它不抬头，趴在地上啃吃，只是轻轻摇了一下尾巴。而黄黄和伊勒早就冲过来，把爪子搭在陈阵的肩膀上了。

杨克已经给二郎的伤口扎上了绷带，但它好像很讨厌绷带，老想把它咬下来，还用自己的舌头舔伤口。看它的那个精神头，还可以再带它上山。

喝过早茶，吃过手把肉，陈阵又去请邻居官布替他们放羊。高建中看陈阵和杨克好像就要掏着狼崽了，他也想过一把掏狼崽的瘾，便也去请管布的儿子替他放一天牛。在额仑草原，掏到一窝狼崽，是一件很荣耀的事情。

一行四人，带了工具武器和一整天的食物还有两条狗，向黑石山方向跑去。这年的春季寒流，来势如雪崩，去时如抽丝。四五天过去，阳光还是攻不破厚厚的云层，阴暗的草原也使牧民的脸上渐渐褪去了紫色，变得红润起来。而雪下的草芽却慢慢变黄，像被子里捂出来的韭黄一样，一点叶绿素也没有，连羊都不爱吃。

道尔基看了看破絮似的云层，满脸喜色地说："天冻了这老些天，狼肚里没食了。昨儿夜里营盘的狗都叫得厉害，大狼群八成已经过来了。过两天，队里就该组织

打围了。”

四人顺着前一天两人留下的马蹄印，急行了两个多小时，来到荆棘丛生的山沟。狼洞口中间的那把铁锨还戳在那里，洞口平台上有几个大狼的新鲜爪印，但是洞口封土和封石一点也没有动，看来母狼到洞口看到铁锨就吓跑了。

两条狗一到洞边立即紧张兴奋起来，低头到处闻到处找。二郎更是焦躁，眼里充满了报复的欲火。陈阵伸长手，指了指附近山坡，喊了两声：“啾，啾。”两条狗立刻兵分两路，各自嗅着狼足印搜索去了。

四人又走到狼洞的另一个出口，洞口旁边也有新鲜的狼爪印，堵洞的土石也是原封不动。道尔基让他们三人再分头去找其他的出口，四人还没转上两圈，就听到北边坡后传来二郎和黄黄的吼叫声。四人再也顾不上找洞了，陈阵连忙拔出铁锨，一起朝北坡跑去。

一过坡顶，四人就看到两条狗在坡下的平地上狂叫，二郎一边叫一边刨土，黄黄也撅着屁股帮二郎刨土，刨得碎土四溅。

道尔基大叫：“找着狼崽了！”四人兴奋得不顾乱石绊蹄，从坡顶一路冲到两条狗的跟前。四人滚鞍下马，两条狗见主人来了也不让开身，仍然拼命刨土，二郎还不时把大嘴伸进洞里，恨不得把里面的东西叼出来。陈阵走到二郎旁边，抱住它的后身，把它从洞口拔出。

但是眼前的场景使他差点泄了气：平平的地面上，只有一个直径 30 厘米左右的小洞，和他以前见到的大狼洞差得太远了。洞口也没有平台，只有一长溜碎土，松松散散地盖在残雪上，两条狗已经将这堆土踩得稀烂。

高建中一看就撇嘴说：“这哪是狼洞啊，顶多是个兔子洞，要不就是獭子洞。”

道尔基不慌不忙地说：“你看，这个洞是新洞，土全是刚挖出来的，准是母狼把小狼搬到这个洞来了。”

陈阵表示怀疑：“狼的新洞也不会这么小吧，大狼怎么钻得进去？”

道尔基说：“这是临时用的洞，母狼身子细，能钻进去。它先把狼崽放一放，过几天它还会在别的地方给小狼崽挖一个大洞的。”

杨克挥着铁锨说：“管他是狼还是兔子，今天只要抓着一个活物，咱们就算没白来。你们躲开点，我来挖。”

道尔基马上拦住他说：“让我先看看这个洞有多深，

有没有东西。”说完就拿起套马杆掉了一个头，用杆子的粗头往洞里慢慢捅，捅进一米多，道尔基就乐了，抬头冲陈阵说：“嗨，有东西，软软的，你来试试。”

陈阵接过杆子也慢慢捅，果然手上感到套马杆捅到了软软的有弹性的东西。陈阵乐得合不上嘴：“有东西，有东西，要是狼崽就好了。”

杨克和高建中也接着试，异口同声说里面肯定有活物。但是谁也不敢相信那活物就是小狼崽。

道尔基把杆子轻轻地捅到头，在洞口握住了杆子，然后把杆子慢慢抽出来，放在地上，顺着洞道的方向，量出了准确的位置，然后站起身，用脚尖在量好的地方点了一下，肯定地说：“就在这儿挖，小心点儿，别伤了狼崽。”

陈阵抢过杨克手中的铁锨，问：“能有多深？”

道尔基用两只手比了一下说：“一两尺吧。一窝狼崽的热气能把冻土化软了，可别太使劲儿。”

陈阵用铁锨清了

清残雪，又把铁锹戳到地上，一脚轻轻踩下，缓缓加力，地面上的土突然哗啦一下塌陷下去。两条狗不约而同冲向塌方口，狂吼猛叫。陈阵感到热血冲头，一阵阵地发懵。他觉得这比一锹挖出一个西汉王墓更让人激动，更有成就感。碎石沙砾中，一窝长着灰色茸毛和黑色狼毫的小狼崽，忽然显露出来。

“狼崽！狼崽！”三个北京知青停了几秒钟以后，都狂喊了起来。随后，陈阵和杨克都傻呆呆地愣在那里，几天几夜的恐惧紧张危险劳累的工程，原以为最后一战定是一场苦战恶战血战，或是一场长时间的疲劳消耗战，可万万没有想到，最后一战竟然是一锹解决问题。

两人简直不敢相信眼前的这堆小动物就是小狼崽。那些神出鬼没、精通兵法诡道、称霸草原的蒙古狼，竟然让这几个北京学生端了窝。这一结局让他们欣喜若狂。

杨克说：“我怎么觉着像在做梦，这窝狼崽真把咱们给蒙着了。”

高建中坏笑道：“没想到你们两个北京瞎猫，居然碰到了蒙古活狼崽。我攒了几天的武艺功夫全白瞎了，今天我本打算大打出手的呢。”

陈阵蹲下身子，把盖在狼崽身上的一些土块碎石小心地捡出来，仔细数了数这窝狼崽，一共七条。小狼崽比巴掌稍大一点，黑黑的小脑袋一个紧挨着一个，七只小狼崽缩成一团，一动不动。但每只狼崽都睁着眼睛，眼珠上还蒙着一层薄薄的灰膜，蓝汪汪的，充满水分，瞳孔处已见黑色。陈阵在心里默默地对狼崽说："我找了你们多久呵，你们终于出现了。"

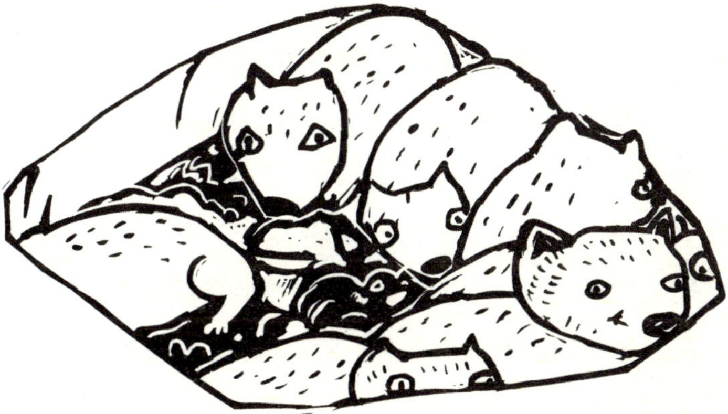

道尔基说："这窝小狼生出来有二十来天，眼睛快睁开了。"

陈阵问："狼崽是不是睡着了，怎么一动也不动？"

道尔基说："狼这东西从小就鬼精鬼精的，刚才又是狗叫又是人喊，狼崽早就吓醒了。它们一动不动是在装死，不信你抓一只看看。"

陈阵生平第一次用手抓活狼，有点犹豫，不敢直接抓狼崽的身子，只用拇指和食指，小心地捏住一只狼崽的圆直的耳朵，把它从坑里拎出来。小狼崽还是一动不动，四条小腿乖乖地垂着，没有一点张牙舞爪拼命反抗的举动。它一点也不像狼崽，倒像是一只死猫崽。

小狼崽被拎到三人的面前。陈阵看惯了小狗崽，这么近地看小狼崽，立即真切地感到了野狼与家狗的区别。小狗崽生下来皮毛就长得整齐光滑，给人的第一印象就非常可爱。

而小狼崽则完全不同，它是个野物，虽然贴身长着细密柔软干松的烟灰色绒毛，但是在绒毛里又稀疏地冒出一些又长又硬又黑的狼毫，绒短毫长，参差不齐，一身野气，像一个大毛栗子，拿着也扎手。狼崽的脑袋又黑又亮，像是被沥青浇过一样。它的眼睛还没完全睁开，可是它细细的狼牙却已长出，龇出唇外，露出凶相。

从土里挖出来的狼崽，全身上下散发着土腥味和狼骚气，与干净可爱的小狗崽简直无法相比。但在陈阵看来，它却是蒙古草原上最高贵最珍稀的小生命。

陈阵一直拎着小狼崽不放，狼崽仍在装死，没有丝毫反抗，没有一点声音。可是他摸摸狼崽的前胸，里面的心脏却怦怦急跳，快得吓人。

道尔基说:“你把它放到地上看看。”陈阵刚把小狼崽放到地上，小狼崽突然就活了过来，拼命地往人少狗少的地方爬，那速度快得像上紧了发条的玩具汽车。黄黄三步两步就追上了它，刚要下口，被三人大声喝住。

陈阵急忙跑过去把小狼崽抓住，装进帆布书包里。黄黄非常不满地用眼瞪着陈阵，看样子它很想亲口咬死几只狼崽，才能解它心头之恨。陈阵发现二郎却冲着小狼崽发愣，还轻轻地摇尾巴。

陈阵打开书包，三个知青立刻兴奋得像是三个顽童，到京城郊外掏了一窝鸟蛋，几个人你一只我一只，抢着拎小狼崽的耳朵，一眨眼的工夫，就把洞里的小狼崽全部拎到帆布包里。

陈阵把书包扣好，挂在马鞍上，准备回撤。道尔基看了看四周说：母狼一定就在不远的地方，咱们往回走，要绕个大圈，要不母狼会跟到营盘去的。三人好像突然意识到危险，这才想起书包里装的不是鸟蛋，而是让汉人闻之色变的狼！

10
一定要养活这条小狼

陈阵一行匆匆跨上马，跟着道尔基向西穿苇地，再向南绕碱滩，专走难留马蹄足迹的地方往家急行。一路上，三个北京学生都有些紧张，不仅没有胜利的感觉，相反还有做贼于豪门的心虚，生怕事后发了疯的失主率兵追踪，跟他们玩命。

但陈阵想到了被母狼叼走的羊羔，心里稍稍感到一点平衡，他这个羊倌总算替被杀的羊羔报了仇。掏一窝狼就等于保一群羊，如果他们没有掏到这七只狼崽，那么它们和它们的后代，日后还不知道要祸害多少牲畜。

掏狼窝绝对是蒙古草原人与草原狼进行生存战争的有效战法。掏一窝狼崽，就等于消灭一小群狼，掏到这七只狼崽虽然很难，但还是要比打七条大狼容易了许多。可是为什么蒙古人早已发明了这一快捷有效的灭狼战法，却仍然没有减缓狼灾呢？陈阵向道尔基提出了这个疑问。

道尔基说："狼太精了，它下狼崽会挑时候。都说狼和狗一万年前是一家，实际上狼比狗不知要贼多少倍。狗每年在春节刚过的时候就下崽，可狼下崽，偏偏挑在开春，那时雪刚刚化完，羊群开始下羔了。春天接羔，是蒙古人一年最忙最累最打紧的时候，一群羊分成了下羔羊群和带羔羊群，全部劳力都上了羊群。人累得连饭都不想吃，哪还有力气去掏狼。等接完羔，人闲下来了，可狼崽已经长大，不住在狼洞里了。狼平时不住狼洞，只有在母狼下崽的时候才用狼洞。小狼差不多一满月就睁开眼，就能跟狼妈到处乱跑。这时候再去掏狼，狼洞早就空了。要是狼在夏天秋天冬天下崽，那时候人们有闲工夫，大家都去掏狼崽，那狼早就让人给打完了。狼在开春下崽还有个好处，母狼可以偷羊羔喂狼崽。嫩羔肉可是狼崽的好食，只要有羊羔肉，母狼就不怕奶不够，就是下了十几只狼崽也能养活……"

杨克一拍马鞍说道："狼啊，狼，我真服了你了，下崽还要挑时候。可不嘛，春天接羔太累，我跟着那些下羔的羊群，天天背着运羔的大毡袋，一次装四五只，一天来回跑十几趟，人都累趴蛋了。要不是咱们第一次掏狼，图个新鲜，谁能费这么大牛劲！以后我可再也不去掏狼窝了，今儿我回去就得睡觉。”

杨克连连打哈欠。陈阵也突然感到困得不行，也想回包倒头就睡。但是狼的话题又使他舍不得丢掉，他强打起精神问下去：“那，这儿的老牧民为什么都不太愿意掏狼崽？”

道尔基说：“本地的牧民都信喇嘛，从前差不多家家都得出一个人去当喇嘛。喇嘛行善，不让乱杀生，多杀狼崽也会损寿。我不信喇嘛，不怕折寿。我们东北蒙族学会种地以后，就快跟你们汉人一样了，也相信入土为安。”

离被掏的狼洞越来越远，但陈阵总感到背后有一种像幽灵一样的阴风跟随着他，弄得他一路上心神不宁，隐隐感觉到灵魂深处传来的恐惧和不安。在大都市长大、以前与狼毫无关系的他，竟然决定了七条蒙古狼的

命运。这窝狼崽的妈，太凶猛狡猾了，这窝狼崽没准就是那条狼王的后代，或者是一窝蒙古草原狼的优良纯种。如果不是他锲而不舍，这七条狼崽肯定能够躲过这一劫，健康长大，日后成为叱咤草原的勇士。

然而，由于他们的到来，狼崽的命运彻底改变了，他从此与整个草原狼群结下了不解之缘，也因此结下了不解之仇。整个额仑草原的狼家族，会在那条聪慧顽强的母狼的带领下，在草原深夜的黑暗里，来向他追魂索债，并不断来咬噬他的灵魂。他开始意识到自己可能犯了一个大错。

回到蒙古包，已是午后。陈阵把装狼崽的书包挂在蒙古包的哈那[①]墙上。四人围坐炉旁，加火热茶，吃烤肉，一边讨论怎样处理这七只小狼崽。道尔基说:“处理狼崽还用得着讨论吗？喝完茶你们来看我的，两分钟也用不了。”

陈阵知道自己马上就要面临那个最棘手问题——养狼。在他一开始产生养狼崽的念头时，就预知这个举动

---

①哈那：蒙古包是用特制的木架作围栏支撑起来的，这些特制的木架叫哈那。蒙古包以哈那的多少来区分大小，通常分为4个哈那、8个哈那、10个哈那和12个哈那。

将会遭到几乎所有牧民、干部和知青的反对。无论从政治、宗教、民族关系上来看，还是从心理、生产和安全上来看，养狼绝对是一件别有用心的大坏事。文革[1]初期，在北京的动物园，管理员仅仅只是将一只缺奶的小老虎和一条把它喂大的母狗养在一个笼子里，就成了重大的政治问题，说这是宣扬反动的阶级调和论，管理员因此被审查批斗。那么，他现在要把吃羊的狼养在羊群牛群狗群旁边，这不是公然认敌为友，敌我不分吗？

在草原，狼既是牧民的仇敌，又是牧民尤其是老牧民心目中敬畏的神灵和图腾，是他们灵魂升天的载体。神灵或图腾只能顶礼膜拜，哪能像家狗家奴似的被人豢养呢？养虎为患，养狼为祸；真把小狼养起来，毕利格阿爸会不会再也不认他这个汉人儿子了？

可是，陈阵没有丝毫要亵渎神灵、亵渎蒙古民族宗教情感的动机，相反，正因为他对蒙古民族狼图腾的尊重，对深奥玄妙的狼课题的痴迷，他才一天比一天更迫切地想养一条小狼。

狼的行踪如此神出鬼没，如果他不亲手养一条实实在在、看得见摸得着的活狼，他对狼的认识只能停留在虚无玄妙的民间故事或一般人的普通认识水平甚至是汉

①文革：即文化大革命（1966—1976）。

人仇恨狼的民族偏见之上。

从他们这一批知青在1967年最早离开北京之后，大批的内地人、内地的枪支弹药就不断拥入蒙古草原。草原上的狼正在减少，再过若干年，人们就可能再也找不到一窝七只狼崽的狼洞了。既然这次自己亲手抓住了狼崽，就一定要养一条狼。但是，为了不伤害牧民尤其是老牧民的情感，陈阵还得找一些能让牧民勉强接受的理由。

在掏狼前，他苦思多日，终于找到了一个看似合理的理由：养狼是科学实验，是为了配狼狗。

狼狗在额仑草原上极负盛名。原因是边防站的边防军有五六条军犬狼狗，高大威猛，奔速极快，猎狼猎狐总是快、准、狠，十拿九稳。一次赵站长骑着马，带着两个战士、两条狼狗，到牧业队检查民兵工作，一路上，两条狼狗一口气抓了四条大狐狸，几乎看到一条就能抓到一条。一路检查工作，一路剥狐狸皮，把全队的猎手都看呆了。后来牧民都想弄条狼狗来养，但是在当时，狼狗是稀缺的军事物资，军民关系再好，牧民也要不来一条狼狗崽。

陈阵想，狼狗不就是公狼和母狗杂交出来的后代吗？如果养大一条公狼，再与母狗交配，就能得到狼狗崽了，然后把狼狗崽送给牧民，不就能争取到养狼的可能性了吗？而且，蒙古草原狼是世界上最优秀的狼，如果试验成功，就可能培养出比德国和苏联军犬的品质更优秀的狼狗来。这样，也许还能为蒙古草原发展出一项崭新的畜牧事业来呢。

陈阵放下茶碗对道尔基说：“你可以把六条小狼崽处理掉，给我留一条最壮的公狼崽。我想养狼。”

道尔基一愣，然后像看狼一样地看着陈阵，足足有十秒钟，才说：“你想养狼？”

陈阵说：“我就是想养狼，等狼长大了，让它跟母狗配对，没准能配出比边防站的狼狗还要好的狼狗来呢。到时候，小狼狗一生出来，准保牧民家家都来要。”

道尔基眼珠一转，突然转出猎犬看到猎物的光芒。他急急地喘着气说：“这个主意可真不赖，没准能成。要是咱们有了狼狗，那打狐狸打狼就太容易了。说不定，将来咱们光卖狼狗崽，就能发大财。”

陈阵说：“我怕队里不让养。”

道尔基摇头说：“养狼是为了打狼，保护集体财产，谁要是反对咱们养狼，往后下了狼狗崽子，就甭想跟咱们要了。”

杨克笑道：“噢，你也想养狼了？”

道尔基坚决地说：“只要你们养，我也养一条。”

陈阵击掌说：“这太好了，两家一起养，成功的把握

就更大了！”

陈阵想了想又说：“不过，我有点儿吃不准，等小狼长大了，公狼会跟母狗配对吗？”

道尔基说：“这倒不难，我有一个好法子。三年前，我弄来一条特别好的母狗种，我想用我家的一条最快最猛的公狗跟它配对。可是我家有十条狗，八条是公狗，好狗赖狗都有，要是这条母狗先让赖狗配上了，这不白瞎了吗？后来，我想出了一个法子，到该配种的时候，我找了一个挖了半截的大干井筒子，有蒙古包那么大，两人多深。我把那条好公狗和母狗放进去，再放进去一只死羊，隔几天给它们添食添水。过了二十天，我再把两条狗弄上来，嘿，母狗还真怀上了。不到开春，母狗就下了一窝好狗崽，一共八只，我摔死四条母的，留下四条公的，全养着。现在我家的十几条狗，就数这四条狗最大最壮最厉害。一年下来，我家打的狼和狐狸，多一半是这四条狗的功劳。要是咱们用这个法子，也一定能得到狼狗崽，你可记住了，打小就得把狼崽和母狗崽放在一块儿堆养。”

陈阵和杨克连声叫好。

在草原，狼既是牧民的仇敌，又是牧民尤其是老牧民心目中敬畏的神灵和图腾，是他们灵魂升天的载体。神灵或图腾只能顶礼膜拜，哪能像家狗家奴似的被人豢养呢？

11
七条小狼崽的命运

帆布书包动了动，小狼崽们可能被压麻了，也可能是饿了，它们终于不再装死，开始挣扎，想从书包的缝隙钻出来。

这可是陈阵所尊重敬佩的七条高贵的小生命啊，但其中的五条即将被处死。陈阵的心一下子沉重起来。他眼前立即晃过北京动物园大门旁的那面浮雕墙，假如能把这五条狼崽送到那里就好了，这是草原腹地最纯种的蒙古狼呵。此刻，他深感人心贪婪和虚荣的可怕。他掏狼本是为了养狼，而养狼只要抱回来一只公狼崽就行了，即使在这七只里，挑一只最大最壮的也不算太过分。但他为什么竟然把一窝狼崽全端回来了呢？真不该让道尔基和高建中两人跟他一块儿去。但如果他俩不去，他会不会只抱一只小狼崽就回来呢？不会的。掏一窝狼崽意味着胜利、勇敢、利益、荣誉和人们的刮目相看，相比之下，这七条小生命，就是沙粒一样轻的砝码了。

此刻，陈阵的心一阵阵地疼痛。他发现自己实际上早已非常喜欢这些小狼崽了。他想狼崽想了一年多，都快想疯了，他真想把它们全留下来。但这是根本不可能的，七条小狼，他得弄多少食物才能把它们喂大呀？

他忽然闪过一个念头：是不是再骑马把其他的五只狼崽送回狼洞去？可是，除了杨克，没人会跟他去的，他自己一个人也不敢去，来回四个多小时，人力和马力都吃不消。那条母狼此刻一定在破洞旁哭天抢地，怒吼疯嚎。现在送回去，不是去找死吗？

陈阵拎着书包，步履缓慢地出了门。他说：“还是过几天再处理吧，我想再好好地看看它们。”

道尔基说：“你拿什么来喂它们？天这么冷，狼崽一天不吃奶，全得饿死。”

陈阵说：“我挤牛奶喂它们。”

高建中沉下脸说：“那可不行！那是我养的牛，奶是给人喝的，狼吃牛，你用牛奶喂狼，天下哪有这等道理？以后大队该不让我放牛了。”

杨克打圆场说：“还是让道尔基处理吧，嘎斯迈正为小组完不成掏狼崽的任务发愁呢，咱们要是能交出五张狼崽皮，就能蒙混过去了，也能偷偷地养狼崽了。要不，全队的人都来看这窝活狼崽，你就连一只也养不成了。快让道尔基下手吧，反正我下不了手，你更下不了手，再请道尔基来一趟也不容易。”

陈阵眼睛酸了酸，长叹一声：“只能这样了……”

陈阵返身进了包，拖出干牛粪箱，倒空干粪，将书包里的狼崽全放进木箱里。小狼崽四处乱爬，可爬到箱角又停下来装死，小小的生命还想为躲避厄运做最后的挣扎。每只狼崽都在发抖，细长硬挺的黑狼毫颤抖得像过了电一样。

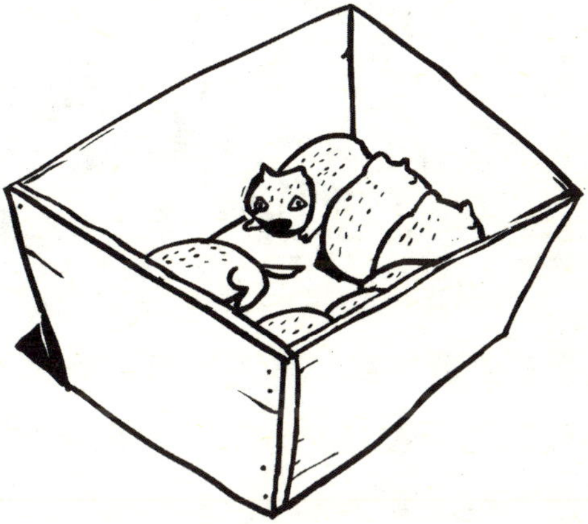

道尔基用手指像拨拉兔崽一样地拨拉狼崽，抬起头对陈阵说：“四只公的，三只母的。这条最大最壮的归你了，这条归我！”说完便去抓其他五只狼崽，一只一只地装进书包。

道尔基拎着书包，走向蒙古包前的空地，从书包里掏出一只，看了看它的小肚皮说：“这是只母的，让它先去见腾格里吧！”说完，向后抬手，又屈了一下右腿，向前抡圆了胳膊，把胖乎乎的小狼崽用力扔向腾格里，

像草原牧民每年春节以后处理过剩的小狗崽一样——抛上天的是它们的灵魂，落下地的是它们的躯壳。陈阵和杨克多次见过这种古老的仪式，但是，他俩还是第一次亲眼看见牧民以此方式来处理自己掏来的狼崽。陈阵和杨克脸色灰白，像蒙古包旁的脏雪一样。

被抛上天的小狼崽，似乎不愿意这么早就去见腾格里。一直装死求生、一动不动的母狼崽刚刚被抛上了天，就本能地知道自己要到哪里去了，它立即拼出所有的力气，张开四条嫩嫩的小腿小爪，在空中乱舞乱抓，似乎想抓到它妈妈的身体或是爸爸的脖颈，哪怕是一根救命狼毫也行。

陈阵好像看到母狼崽灰蓝的眼膜，被剧烈的恐惧猛地撑破，露出充血的黑眼红珠。可怜的小狼崽，竟然在空中提前睁开了眼，但是它仍然未能见到蓝色明亮的腾格里，蓝天被乌云所挡，被小狼眼中的血水所遮。小狼崽张了张嘴，从半空抛物线弧度的顶端往下落，下面就是营盘前的无雪硬地。

狼崽像一条乳瓜一样，噗的一声摔砸在地上，稚嫩的身体来不及挣扎一下就不动了。口中鼻中眼中流出稀稀的粉红色的血，像是还带着奶色。陈阵的心像是从嗓子眼又摔回到胸腔，疼得似乎没有知觉。

三条狗几步冲到狼崽跟前，道尔基大吼一声，又跨了几大步挡住了狗，他生怕狼崽珍贵的皮被狗咬破。那一刻陈阵意外地发现，二郎冲过去，是朝着两位伙伴在

吼，显然是为了拦住黄黄和伊勒咬狼崽。颇具大将风度的二郎，没有鞭尸的恶习，甚至还好像有些喜欢狼崽。

道尔基又从书包里掏出一只狼崽，这只狼崽好像已经嗅到了它姐妹的乳血气味，刚被道尔基握到手里就不再装死，而是拼命挣扎，小小的嫩爪将道尔基的手背抓了一道又一道的白痕。他刚想抛，突然又停下对陈阵说：“来，你也开开杀戒吧，亲手杀条狼，练练胆子。草原上哪个羊倌没杀过狼？”

陈阵退后一步说：“还是你来吧。”

道尔基笑道：“你们汉人胆子忒小，那么恨狼，可连条狼崽都不敢杀，那还能打仗吗？怪不得你们汉人费那老劲，修了个一万里的城墙。看我的……”话音刚落，狼崽被抛上了天。一只还未落地，另一只又飞上了天。道尔基越杀越兴奋，一边还念念有词：“上腾格里吧，上那儿去享福吧！”

五条可怜的小狼崽从半空中飞过，五具血淋淋的躯壳全都落了地。陈阵觉得自己的胆气非但没被激发出来，反倒被吓回去一大半。他默默地把五只死崽全都收到簸箕里，然后久久仰望云天，希望腾格里能收下它们的灵魂。

道尔基似乎很过瘾，他弯腰在自己的卷头蒙古靴上擦了擦手说:“一天能杀五条狼的机会不多。人比狼差远了，一条恶狼逮着一次机会，一次就可以杀一二百只羊，我杀五只狼崽算个啥。天不早了，我该回去圈牛了。”说完就想去拿自己的那条狼崽。

陈阵说:“你先别走，帮我们把这些狼崽皮剥了吧。”

道尔基说:“这好办，帮人帮到底，一会儿就完事。”

二郎仍站在簸箕旁边死死护着死狼崽，冲着道尔基猛吼两声，并收低重心准备扑击。陈阵急忙抱住二郎的脖子。

道尔基一边像剥羔皮似的剥着狼崽皮，一边说:“狼崽皮太小，不用剥狼皮筒子。”

不一会儿，五张狼崽皮都剥了出来，他把皮子摊在蒙古包的圆坡顶上，撑平绷直。又说:“这皮子都是上等货，要是有40张，就可以做一件狼崽小皮袄，又轻巧又暖和又好看，花多少钱也买不来。”

道尔基抓了些残雪洗手，又走到牛车旁拿了把铁锹说:“你们几个真是啥也不会，我还是帮你们都做了吧。狗从不吃狼崽肉，这会儿得快把死狼崽埋了，还得埋深一点。要不让母狼闻见了，那你们的羊群牛群就该遭殃了。”

几个人走到蒙古包西边几十米的地方，挖了个近一米深的坑，将五具小狼尸全埋了进去，填平踩实，还撒了一些敌敌畏药粉，盖住狼崽尸体的气味。

杨克问:“要不要给这条活狼崽搭一个窝?”

道尔基说:“还是挖个土洞，让它住地洞吧。”

陈阵和杨克就在蒙古包西南边十几步的地方，挖了个60厘米深、半米见方的土坑，坑里垫上几片破羊皮，又留出一点泥地，然后把小公狼崽放进了坑里。

小狼崽一接触到泥土，立即就活泛起来。它东闻闻，西看看，在洞里转了几圈，好像又回到了自己原来的家。它渐渐安静下来，在垫着羊皮的角落缩起身趴下，但还在东闻西望，像是在寻找它的兄弟姐妹。

陈阵突然想把另一条狼崽也留下，好给它做个伴。但是，道尔基立即把归了他的那条狼崽揣进怀里，跨上马，一溜烟地跑了。高建中冷冷地看了狼崽一眼，也骑马圈牛去了。

12
入狗窝、吃狗奶的小狼

陈阵和杨克蹲在狼窝旁边，心事重重地望着狼崽。

陈阵说："我真不知道咱们能不能把它养活养大，以后的麻烦太大了。"

杨克说："咱们收养小狼，好事不出门，坏事行千里。你等着吧，现在全国都在唱'打不尽豺狼决不下战场'，咱们这倒好，居然认敌为友，养起狼来了。"

陈阵说："这儿天高皇帝远，谁知道咱们养狼。我最怕的是毕利格阿爸不让我养狼……"

杨克说："小狼准饿坏了，我去挤点牛奶来喂它吧？"

陈阵摆摆手说："还是喂狗奶，让伊勒喂，母狗能喂虎崽，肯定就能喂狼崽。"说着，他把狼崽从狼窝里拎出来，双手捧在胸前。狼崽一天没进食了，肚皮瘪瘪的，四个小爪子也冷得像雪下的小石子儿。此刻它又冷又怕又饿，全身瑟瑟发抖，比它刚被挖出狼洞的时候委靡了许多。陈阵急忙把小狼崽揣进怀里，让它先暖和暖和。

天近黄昏，已到伊勒回窝给狗崽喂奶的时候了，两人朝狗窝走去。原先他俩在大雪堆里掏挖出来的狗窝，早就让寒流前的暖日化塌了，新雪又不厚，堆不出大雪堆。此时的狗窝，已经挪到蒙古包右前方的干牛粪堆里，干粪堆里有一个人工掏出的小窑洞，洞底铺着厚厚的破羊皮，还有一大块用又硬又厚的生马皮做的活动门，这就是伊勒和它三个孩子温暖的家。

杨克用肉汤小米粥喂过了伊勒，它便跑到自己的窝前，用长嘴挑开马皮门，钻了进去，盘身靠洞壁小心卧下。三条小狗崽立即找到奶头，使出了吃奶的劲。

陈阵悄悄走近伊勒，蹲下身，用手掌抚摸伊勒的脑袋，尽量挡住它的视线。伊勒喜欢主人的爱抚，它高兴地猛舔陈阵的手掌。杨克扒开一只狗崽，用一只手捏着伊勒的奶头挤狗奶，另一只手握成碗状接奶，接到半巴掌的时候，陈阵悄悄从怀里掏出小狼崽。杨克立即把狗奶抹在狼崽的头上、背上和爪子上。

杨克使用的是草原牧民让母羊认养羊羔孤儿的古老而有效的方法。杨克和陈阵也想用这个方法让伊勒认下这个狼崽儿子。但是狗比绵羊聪明得多，嗅觉也更灵敏。假若伊勒的狗崽全部被人抱走或死掉，它也许会很快认下这个狼子，但是它现在已有自己的三个孩子，所以它显然不愿意接收狼子。狼崽一进狗窝，伊勒就有反应，它极力想抬头看它的孩子。陈阵和杨克只好采用软硬兼施的办法，不让伊勒抬头起身。

又冷又饿的小狼崽被放到伊勒的奶头旁边。一直蔫蔫装死的小狼崽，一闻到奶香，突然像大狼闻到了血腥一样，张牙舞爪，杀气腾腾，一副有奶便是娘的嘴脸，原形毕露。

小狼崽比狗崽出生晚了一个半月，狼崽的个头要比狗崽小一圈，身子也要短一头。但是小狼崽的力气却远远超过狗崽，它抢奶头的技术和本事也狠过狗崽。母狗腹部有两排奶头，乳房有大有小，出奶量更是有多有少。让陈阵和杨克吃惊的是，小狼崽并不急于吃奶，而是发疯似的顺着奶头一路尝下去，把正在吃奶的狗崽，一个一个挤开拱倒。

一时间，一向平静的狗窝，像是闯进来一个暴徒劫匪，打得狗窝狗仰崽翻，乱作一团。小狼崽蛮劲野性勃发，连拱带顶，挑翻了一只又一只的狗崽，然后把两排奶头从上到下，从左到右，全部尝了个遍。它尝一个，吐一个；尝一个，又吐一个，最后在伊勒的腹部中间，挑中了一个最大最鼓出奶量最足的奶头，叼住了就不松口，猛嘬猛喝起来。只见它叼住一个奶头，又用爪子按住了另一个大奶头，一副吃在碗里，霸住锅里，肥水不流外人田的恶霸架式。三只温顺的胖狗崽，不一会儿全被狼崽轰赶到两边去了。

两人看得目瞪口呆。杨克惊大了眼睛说："狼性真可怕，这小兔崽子连眼睛还没睁开，就这样霸道。怪不得七条狼崽就数它个大，想必在狼窝里，它对它的兄弟姐妹也六亲不认。"

陈阵却看得兴致勃勃，他说："你看到了吧，这个狗窝，就是世界历史的缩影和概括。我忽然想起鲁迅先生的一段话，他认为，西方人兽性多一些，而中国人家畜性多一些。"

陈阵指了指狼崽，说："这就是兽性……"又指了指狗崽说，“这就是家畜性。温顺的家畜当然就要受凶悍的野兽欺负了。在草原待了两年多，我越来越觉得这里面大有文章……”

杨克笑道：“看来，养狼的第一天就大有收获，这条狼崽咱们养定了。”

狗窝里的骚动，小狗崽被狼崽欺负所发出的委屈的哼哼声，使伊勒更加怀疑和警惕起来。它极力想撑起前腿，摆脱陈阵的控制，看看窝里到底发生了什么事情。陈阵担心它认出狼崽，把它咬死，便死死按住伊勒的头，一边轻轻叫它的名字，哄它抚摸它，一直等到狼崽吃圆了肚皮才松开手。

伊勒扭过头，立即发现窝里多出了一个小崽，它不安地挨个闻了闻，很快就闻出了狼崽。可能狼崽身上也有它的奶味，它稍稍犹豫了一下，但还是想用鼻子把狼崽顶走，并极力想站起来，到窝外光线亮一点的地方看个究竟。

陈阵马上又把伊勒按住，他必须让伊勒明白主人的意图，希望伊勒能接受这个事实，只能服从不准反抗。伊勒别别扭扭地哼叫起来，它似乎已经知道窝里多出来的一只小崽，就是主人刚刚从山里抓回来的狼崽，而且主人还强迫它认养这个不共戴天的仇敌。

草原狗不同于内地狗，内地狗没见过狼和虎，给它一条虎崽，它也会傻乎乎地喂奶认养。可这里是狗和狼搏杀的战场，母狗哪能认敌为友？伊勒几次想站起来拒绝喂奶，都被陈阵按住。伊勒气愤、烦躁、难受、恶心，但它又不敢得罪主人，最后只好气呼呼地躺倒不动了。

在草原上，人完全掌握着狗的生杀大权，人是靠强大的专制暴力和食物的诱惑将野狗训成家畜的。任何胆敢反抗主人的狗，不是被赶出家门，赶到草原上饿死冻死或被狼吃掉，就是被人直接杀死。狗早已丧失了独立的兽性，而成为家畜性十足的走狗，成为一种离开人便无法生存的动物。陈阵深深地替伊勒感到难过。

狗窝渐渐平静下来。伊勒是杨克陈阵喂养的第一条母狗，在它的怀孕期、生产期和哺乳期，他们始终对它关怀备至，好吃好喝好伺候，因此伊勒的奶水特足。在别人抱走了几条狗崽后，它的奶水更是绰绰有余。此时多了一条小狼崽，伊勒的奶水供应，也应该不成问题。

三条狗崽虽然被狼崽挤到瘦奶头的地方，但狗崽们也慢慢吃饱了。小狗崽开始爬到狗妈的背上脖子上，互相咬尾巴叼耳朵玩耍起来。可是狼崽还在狠命地嘬奶。陈阵想，在狼窝里，七只狼崽个个都是小强盗，抢不到奶就可能饿死，即使这条个头最大的狼崽，也未必能敞开肚皮吃个够。这回它来到狗窝，可算是来到了福地。

它一边吃，一边快乐地哼哼着，像一条饿疯了的大狼，扑在一头大牲口上生吞活咽，胡吃海塞，根本不顾自己肚皮的容量。

陈阵看着看着，觉得不对头，一转眼，狼崽的肚皮大得快超过胖狗崽的肚皮了。他赶紧摸了摸狼崽的肚子，吓了一跳：那肚皮撑得薄如一层纸。陈阵担心狼崽真的会被撑破肚皮，便急忙握住狼崽的脖子，慢慢拽它。可是小狼崽竟然毫无松口的意思，竟把奶头拽长了两寸，还不松口，疼得伊勒嗞嗞直叫。

杨克慌忙用两个手指掐住狼崽的双腮，才掐开了狼嘴。杨克倒吸一口冷气说："牧民都说狼有一个橡皮肚子，这回我真信了。"

陈阵不禁喜形于色："你看它胃口这么好，生命力这么旺盛，养活它好像不难，以后就让它敞开吃，管够！"

陈阵从这条刚刚脱离了狼窝的小狼崽身上亲眼见识了一种十分可畏的竞争能力和凶狠顽强的性格，也由此隐隐地感觉到了小狼身上那种根深蒂固的狼性。

天色已暗。陈阵把小狼崽放回狼窝，并抓了一条母狗崽一同放进去，好让小狼在退膜睁眼之前，与母狗崽混熟，培养它俩的青梅竹马之情。两个小家伙互相闻了闻，狗奶味调和了彼此的差异，它俩便紧紧地靠在一起睡下了。

陈阵一回头，发现二郎一直站在他的身旁，观察狼崽也观察着主人的一举一动，还向陈阵轻轻摇了摇尾巴，幅度较以前大了一点，似乎它对主人收养小狼表示欢迎。为了保险起见，陈阵搬来一块旧案板盖在洞坑上，又找来一块大石头压在案板上。

官布已将羊群关进羊圈，他听说陈阵他们掏了一窝狼崽，马上打着手电寻过来看个究竟。见到蒙古包顶上的小狼崽皮，他吃惊地说：“汉人掏到小狼，从来没有，从来没有。”

三个人正围着铁桶火炉吃着羊肉挂面，门外传来一阵狗吠和急促的马蹄声。

张继原挑开毡门帘，拉开木门进了包。他一只手还牵着两根马笼头缰绳，两匹马还在包外踩蹄。他蹲在低

矮的门口说："场部下了命令，边境线附近的大狼群已经分头过来了，明天全场三个大队在三个地点分别集中打围。咱们大队负责西北地段，场部还抽调一些其他大队的猎手支援咱们队，由毕利格全权指挥。队里通知你们，明天早一点，你们到毕利格家集合。场部说，各个蒙古包除了留下老人小孩放牛放羊，其他所有人都必须参加打围。全队的马倌马上就要给各家没马的人送马，马倌必须提前绕到预定的埋伏地点。你们赶紧抓时间睡觉吧，我走了，你们可千万千万别睡过了头！"

张继原出门，跨上马急奔而去。

高建中放下饭碗，苦着脸说："刚来了条小狼，大狼也来了，咱们快让狼拖垮拖死了。"

杨克说："在草原上再待几年，保不准咱们也全都变成狼了！"

三人跳起来分头备战。高建中跑到草甸将三人的马牵到草圈墙下，又跑进草圈，用木叉给马挑出三堆干青草。杨克从柳条筐车里拿出一些羊骨羊肉喂狗，再仔细检查马鞍马肚带和套马杆，并和陈阵找出两副牵狗出猎用的皮项圈。两人都曾参加过小规模的打围，知道打围时狗的项圈和牵绳马虎不得。

陈阵给二郎戴上一副皮项圈，然后把长绳像穿针鼻一样地穿进项圈的铜环，再把长绳的两端都攥在手里。他牵着二郎走了几步，指了指羊圈北面，喊了一声"啾"，同时松开一股绳。

二郎嗖地冲了过去，两股绳拉成了一股，又从铜环中脱出。二郎只戴着皮项圈冲进黑暗，而长绳还捏在陈阵手里。这种集体打围时的牵狗方法，既可以使猎狗完全受猎手的控制，以避免狗们擅自行动，打乱围猎的整体部署；又可以多人同时放狗，还避免长绳缠绊狗腿，影响速度。

杨克也给黄黄戴了项圈，穿了绳，也演习了一次。两条猎狗都听命令，两人手上的动作也没有毛病，没有让狗拖着长绳跑出去。

13
珍爱生命的小狼

晚霞已暗，早春草原的寒气如网一般罩下来。又饥又乏又冷的人马狗，垂头丧气往营盘撤，像一队丢盔卸甲的残兵败将。谁也不知道，白狼王带领的那一大队狼群，究竟是怎样从猎圈和火海中逃脱的。

马倌们急急奔向自己的马群。陈阵和杨克都惦记家里的小狼崽，他俩招呼了张继原和高建中，四个人脱离了队伍，抄近道加鞭急行，直奔自家的营盘。

杨克一边跑一边嘀咕："半夜临走前，只给小狼崽两块煮烂的羊肉，不知道它会不会吃肉？"道尔基说："狼崽还得一个多月才能断奶呢。"

陈阵说："那倒没事，昨天小狼的肚皮吃得都快爆了，它就是不会吃熟肉，也饿不死。我最担心的是，咱们一整天不在家，后方空虚，要是母狼抄了咱们的老窝，那就糟了。”

除了张继原的马，其他人的马已跑不出速度，直到午夜前四人才回到家。二郎和黄黄已站在空空的狗食盆前等饭吃。陈阵滚鞍下马，先给了两条大狗几大块肉骨头。张继原和高建中进包洗脸、热茶，准备吃完茶和肉就睡觉。

陈阵和杨克急忙跑到狼洞前。两人搬开大案板，手电光下，小狼崽缩在洞角的羊皮上，睡得正香。小母狗却饿得哼哼地叫，拼命想攀洞壁爬出来吃奶，伊勒也焦急地围着洞直转悠。陈阵急忙把小母狗抓出来递给伊勒，伊勒便把狗崽叼回了狗窝。

陈阵和杨克仔细看看洞底，两块熟羊肉不见了，小狼崽的肚皮向两边鼓起，嘴边鼻头油光光。它闭着眼睛，嘴角微翘，乐眯眯像是做着美梦的样子。杨克乐了：“这小兔崽子把肉给独吞了！”陈阵大大地松了口气说：“看来母狼目前是自顾不暇了。”

第二天一早，下羔的羊群渐渐走远。杨克背上接羔毡袋，骑上马去追下羔羊群。而带羔羊群在草坡上渐渐摊开，仍在人和狗的视线里。

陈阵对张继原说：“你成天就惦记打狼打狼，走，还是跟我去看小狼崽吧。”

两人朝狼窝走去，陈阵搬开石头，揭开木板，窝中

的小母狗还缩在羊皮上睡懒觉，一点也不惦记起床吃早奶。可是小狼崽却早已蹲在洞底抬头望天，焦急地等待开饭。

强烈的天光一照进洞，狼崽就精神抖擞地用两条后腿站起来，小小的嫩前爪扒着洞壁往上爬。刚爬了几寸，就一个后滚翻，摔到洞底。它一骨碌站起身又继续爬，使出了吃奶的劲，嫩爪死死地抠住洞壁，像只大壁虎一样地往上爬。壁土松了，狼崽像个松毛球似的跌滚到洞底。它生气地冲着洞上的大黑影，发出呼呼的声音，好像责怪黑影为什么不把它弄上去。

张继原也是第一次看到活狼崽，觉得很好奇，就想伸手把狼崽抓上来仔细看看。陈阵说：“先别着急，你看它能不能爬上来，要是能爬上来，我还得把洞再挖得深一点。”

狼崽连摔两次，不敢在原处爬了，它开始在洞底转圈，一边转，一边闻，好像在想办法。转了几圈，它突然发现了母狗崽，立即爬上狗崽的脊背，然后蹬鼻子上脸，踩着狗崽再扒着洞壁往上爬。小狼扒下的碎土撒了狗崽一身，狗崽被踩醒了，哼哼地叫着，站起来抖身上的土，小狼崽又被摔了下来。它气得转过身来就朝狗崽皱鼻、龇牙，呼呼地咆哮。

张继原笑道：“这小兔崽子，从小狼性就不小啊，看样儿还挺聪明。”

陈阵发现，才两天时间，小狼的眼膜薄了许多，眼球虽然仍是充满液体，黑汪汪的像是害了眼病，但小狼崽好像已经能模模糊糊辨认眼前的东西，对他打的手势也有所反应。他张开巴掌，手掌向东，狼崽的头眼就朝东；手掌向西，狼崽的头眼就向西。为了刺激狼崽的条件反射，陈阵一字一顿地叫它：“小……狼，小……狼。小……狼，开……饭……喽，开……饭……喽。”小狼歪着头，竖起猫一样的短耳费力地听着，有些害怕，又

有些好奇。

张继原说:“我要看看它对原来的狼家还有没有印象。”然后就用双手做成蚌壳形扣在口鼻上，模仿大狼的嗥声“呜……欧，呜呜……欧……”小狼突然神经质地抖了一下，然后像发了疯似的踩着狗崽的身体爬壁，摔了一次又一次，然后委屈地蜷起身子直往洞角里钻，像是在寻找狼妈妈的怀抱。两人都觉得做了一件残忍的事情，不该再让小狼崽听到狼世界的声音。

张继原说:“我看你这条小狼不好养，这儿又不是北京动物园，狼可以与野狼世界完全隔离，慢慢减少一点野性。可这儿是原始游牧环境，一到夜里周围都是狼嗥声，狼性能改吗?等小狼长大了，它非伤人不可，你真得小心。”

陈阵说:“我倒是从来就没打算把狼养在家里，养掉狼的野性反倒没意思了。我就是想跟活狼直接接触，能摸狼抱狼，天天近距离地看狼，摸透狼和狼性。不入狼穴，焉得狼子。得了狼子，就更不能怕狼咬了。我最怕的还是牧民不让我养狼。”

小狼还在奋力爬壁，陈阵伸手捏住狼崽后脖颈，把它拎出洞，张继原双手捧住它，放到眼前看了个仔细，又腾出一只手，轻轻地抚摸小狼崽。稀疏的狼毫怎么也撸不顺，撸平了，手一松，狼毫又挺了起来。

张继原说："真不好意思，我这个马倌还得从羊倌那儿得到摸活狼的机会。我跟兰木扎布去掏过两次狼，一只也没掏着。在中国，真正摸过蒙古草原活狼的汉人，可能连十万分之一也没有。汉人恨狼，结果把狼的本事也恨丢了，学到狼的真本事的，大多是游牧民族……"

陈阵接过话说："在世界历史上，能攻打到欧洲的东方人，都是游牧民族，而对西方震撼力最强的，是三个崇拜狼图腾的草原游牧民族——匈奴、突厥和蒙古。而曾经攻打到东方来的西方人，也是游牧民族的后代。古罗马城的建城者就是两个狼孩，母狼和狼孩至今还镌刻在罗马城徽上呢。没有狼，世界历史就写不成现在这个样子。"

张继原说："我真的很理解你为什么要养狼了，我也帮你做做牧民的工作。"

陈阵把小狼崽揣在怀里，向狗窝走去，把小狼放在伊勒身边吃奶。当伊勒发现狼崽在吃它的奶时，趁陈阵不备，立即呼地站起来，想回头咬狼崽。可狼崽仍紧紧叼住奶头不撒口，像只大蚂蟥、又像只大奶瓶一样地吊挂在伊勒的腹下。伊勒转了好几圈，狼崽也悬空地跟着转，伊勒费了好大劲也没咬到狼崽。两人看得又好笑又好气。陈阵急忙掐开狼崽嘴巴，把它从奶头上摘下来。

张继原笑道:“好一个吸血鬼。”

陈阵按住伊勒，哄着它喂饱狼崽以后，站起来说:“该让狼崽和狗崽一块儿玩了。”两人抱着四只胖乎乎的小崽子向一块干草地走去。

陈阵把狼崽放进狗崽中间，狼崽刚一接触到地面，立即以它最快的速度向没有人没有狗的地方逃跑。小狼崽的四条小腿还没有长直，罗圈形的小嫩腿还支撑不起身体，跑起来肚皮贴地，四爪像在划水，活像一只长了毛的大乌龟。一条小公狗崽追着它一块儿跑的时候，狼崽侧头向它龇牙，发出威胁性的呼呼声。

陈阵心里一惊，说:“它饿的时候有奶便是娘，可一吃饱了就不认娘了。虽然它眼睛还没睁开，可它的鼻子嗅觉已经有了辨别力，我可知道狼鼻子的厉害。”

张继原说:“我看出来，小狼崽已经断定这里不是它真正的家，狗妈不是它的亲妈，狗崽也不是它的亲兄弟姐妹。”

两人跟在小狼崽身后七八步远的地方，继续观察狼崽的行为。

小狼崽在残雪和枯草地上快速地爬，爬了几十米后，就开始闻周围的东西，闻马粪蛋，闻牛粪，闻牛羊的白骨，闻草地上所有的突出物。可能它闻到的都是狗留下的尿记号，于是它一闻就走，继续再闻。两人跟着

它走了一百多米，发现它并不是无方向、漫无目的地乱走。它的目的很明确，就是朝着离蒙古包、羊圈、人气、狗气、烟气、牲畜气远的地方逃。

陈阵感到这条尚未开眼的小狼崽，已经具有顽强的天性与本能，它有着比其他动物更可怕可敬的性格。在动物中，陈阵一直很敬佩麻雀，麻雀以难养活著称于世。陈阵小时候抓过许多麻雀，也先后养过大大小小十几只麻雀。可麻雀被抓住后，就闭上眼睛以绝食绝水相拼，绝不就范。不自由，毋宁死，直至气绝。陈阵从来没有养活过一只麻雀。

而狼不是，它珍视自由也珍爱生命。狼被俘之后照吃照睡，不仅不绝食，反而没命地吃、敞开肚皮吃，吃饱睡足以后，便伺机逃跑，以争取新的生命和自由。这种性格，对狼来说是普遍的，与生俱来并且世代相传，无一例外。草原民族将具有此种性格的狼，作为自己民族的图腾、兽祖、战神和宗师来膜拜，可以想见它对这个民族产生了何等难以估量的影响。都说榜样的力量是无穷的，而图腾的精神力量远高于榜样，它处在神的位置上。

陈阵感激这条小狼崽，它稚嫩的身体竟然能带他穿过千年的迷雾，径直来到了谜团的中心。

在中国，真正摸过蒙古草原活狼的汉人，可能连十万分之一也没有。汉人恨狼，结果把狼的本事也恨丢了；学到狼的真本事的，大多是游牧民族。

14
小狼，小狼，开饭喽

小狼崽一天天地追着小狗崽长身体，陈阵觉得也该给狼崽增加营养了。

陈阵不停地搅着稠稠的奶肉粥，粥盆里冒出浓浓的奶香肉香和小米的香气，馋得所有的大狗小狗围在门外哼哼地叫。陈阵这盆粥是专门为小狼熬的，这也是他从嘎斯迈那里学来的喂养小狗的专门技术。

在草原上，狗崽快断奶以前和断奶以后，必须马上跟上奶肉粥。嘎斯迈说过，这是帮小狗长个头的窍门，小狗能不能长高长壮，就看断奶以后的三四个月吃什么东西。这段时间是小狗长骨架的时候，错过了这三四个月，以后喂得再好狗也长不大了。喂得特别好的小狗要比随便喂的小狗，个头能大出一倍多。喂得不好的小狗长大后就打不过狼了。

一次小组集体拉石头垒圈的时候，嘎斯迈指着一条别家的又瘦又矮、乱毛干枯的狗悄悄对陈阵说:“这条狗是咱家那条大狗巴勒的亲兄弟，是一个狗妈生出来的，你看个头差多少。”陈阵真不敢相信，狗里面也有武松和武大郎这样身高悬殊的亲兄弟。在野狼成群的草原，有了好狗种还不行，还得在喂养上狠下功夫。因此，他一开始喂养小狼就不敢大意，把嘎斯迈喂狗崽的那一整套经验，全盘挪用到狼崽身上来了。

他还记得嘎斯迈说过，狗崽断奶以后的这段时间，草原上的女人和狼妈妈在比赛呢。狼妈拼命抓黄鼠、獭子和羊羔喂小狼，还一个劲地教小狼抓大鼠。狼妈妈都是好妈妈，它没有炉子，没有火，也没有锅，不能给小狼煮肉粥，可是狼妈妈的嘴，就是比人的铁锅还要好的“锅”。它用自己的牙、胃和口水，把黄鼠旱獭羊羔的肉，化成一锅烂乎乎温乎乎的肉粥后，喂给小狼吃。小狼最喜欢吃这种东西了，小狼吃了这样的肉粥，长得像春天的草一样快。

草原上的女人要靠狗来下夜挣工分，女人们就要比狼妈妈更尽心更勤快才成。草原上懒女人养赖狗，好女人养大狗。到了草原，只要看这家的狗，就知道这家的女人是好是赖。后来陈阵就经常猛夸巴勒，夸得嘎斯迈笑弯了腰。陈阵一直想喂养出像巴勒一样的大狗，此时他更想喂养出一条比狼妈喂养的更大更壮的狼。

自从有了小狼，陈阵一下子改变了自己的许多生活习惯。张继原挖苦说陈阵怎么忽然变得勤快起来，变得婆婆妈妈的，心比针尖还细了。

陈阵觉得自己确实已经比可敬可佩的狼妈和嘎斯迈还要精心。他以多做家务为条件，换得高建中允许他挤牛奶。他每天还要为小狼剁肉馅，既然是长骨架，光喂牛奶还不够，还得再补钙。他小时候曾被妈妈喂过几年的钙片，略有这方面的知识，就在剁肉馅的时候，剁进去一些牛羊的软骨。

有一次他还到场部卫生院弄来小半瓶钙片，每天用擀面杖擀碎一片，拌在肉粥里，这可是狼妈妈和嘎斯迈都想不到的。陈阵又嫌肉粥的营养不全，还在粥里加了少许的黄油和一丁点盐。粥香得连陈阵自己都想盛一碗吃了，可是还有三条小狗呢，他只好把口水咽下去。

小狼的身子骨催起来了，它总是吃得肚皮溜溜圆，像个眉开眼笑的小弥勒，真比秋季的口蘑长势还旺，身长已超过小狗们半个鼻子了。

陈阵第一次给小狼喂奶肉粥的时候，还担心纯肉食猛兽不肯吃粮食。肉粥肉粥，但还是以小米为主。结果大出意外，当他把温温的肉粥盆放到小狼面前的时候，刚开口喊了一声“小狼，小狼，开饭喽”，小狼就已经一头扎进食盆，狼吞虎咽地吃起来。兴奋得呼呼喘气，一边吃一边哼哼，直到把满盆粥吃光舔净才抬起头。陈阵万万没有想到狼也能吃粮食，不过他很快发现，小狼决不吃没有掺肉糜和牛奶的小米粥。

这会儿，小狼的肉奶八宝粥已经不烫了。陈阵将粥盆放在门内侧旁的锅碗架上，然后轻轻地开了一道门缝，再贴身挤出了门，又赶紧把门关上。除了二郎，一群狗和小狼全都扑了过来。黄黄和伊勒都将前爪搭到陈阵的胸前，黄黄又用舌头舔陈阵的下巴，张大嘴哈哈地表示亲热。三条小胖狗把前爪搭在陈

阵的小腿上，一个劲地叼他的裤子。小狼却直奔门缝，伸长鼻子顺着门缝，上上下下贪婪地闻着蒙古包里的粥香，还用小爪子抠门缝急着想钻进去。

陈阵感到自己像一个多子女的单身爸爸，面对一大堆自己宠爱的又嗷嗷待哺的爱子爱女，真不知道怎样才能顾了这个，又不让另一个受冷落。他偏爱小狼，但对自己亲手抚养的这些宝贝狗们，哪一个受了委屈他也心疼。他不能立即给小狼喂食，先得把狗们安抚够了才成。

陈阵把黄黄和伊勒挨个拦腰抱起来，就地悬空转了几个圈，这是陈阵给两条大狗最亲热的情感犒赏。它们高兴得把陈阵的下巴舔得水光光黏乎乎。接着他又挨个抱起小狗们，双手托着小狗的胳肢窝，把它们一个个地举到半空；放回到地上后，还要一个一个地摸头拍背抚毛，哪个都不能落下。

这项对狗们的安抚工作，是养小狼以后新增加的，小狼没来以前就不必这样过分，以前陈阵只在自己特别想亲热狗的时候才去和狗们亲热。可小狼来了以后，就必须时时对狗们表示加倍的喜爱。否则，狗们一旦发现主人的爱已经转移到小狼身上，狗们在嫉妒心的驱使下很可能把小狼咬死。

陈阵真没想到在蒙古草原养一条活蹦乱跳的小狼，

就像守着一个火药桶，每天都得战战兢兢过日子。这些天还是在接羔管羔的大忙季节，牧民很少串门，大部分牧民还不知道他养了一条小狼，就是听说了也没人来看过。可以后怎么办？骑虎难下，骑狼更难下。

天气越来越暖和，过冬的肉食早在化冻以后割成肉条，被风吹成肉干了。没吃完的骨头，被剔下了肉，风干了。剩下的肉骨头，表面的肉也已干硬，虽然带有像霉花生米的怪臭味，仍是晚春时节仅存的狗食。

陈阵朝肉筐车走去，身后跟着一群狗。这回二郎走在最前面，陈阵把它的大脑袋夹搂在自己的腰胯部。二郎通点人性了，它知道这是要给它喂食，已经会用头蹭蹭陈阵的胯，表示感谢。陈阵从肉筐车里拿出一大管箩肉骨头，按每条狗的食量分配好了，就赶紧向蒙古包快步走去。

小狼在不停地挠门，还用牙咬门。养了一个月的小狼，已经长到了一尺多长，四条小腿已经伸直，有点真正的狼的模样了。最明显的是，小狼眼睛上的蓝膜完全褪掉了，露出了灰黄色的眼球和针尖一样的黑瞳孔。狼嘴狼吻已变长，两只狼耳再不像猫耳了，也开始变长，像两只三角小勺竖在头顶上。脑门还是圆圆的，像半个皮球那样圆。

小狼在小狗群里自由放养了十几天，它已经能和小狗们玩到一块儿去了。但在没人看管的时候，陈阵还得把它关进狼洞里，以防它逃跑。黄黄和伊勒也勉强接受了这条野种，但对它避而远之。只要小狼一接近伊勒，用后腿站起来叼奶头，伊勒就用长鼻把它挑到一边去，让小狼连打几个滚。

只有二郎对小狼最友好，任凭小狼爬上它的肚皮，在它侧背和脑袋上乱蹦乱跳，咬毛拽耳，拉屎撒尿也毫不在意。二郎还会经常舔小狼，有时则用自己的大鼻子把小狼拱翻在地，不断地舔小狼少毛的肚皮，俨然一副狗爹狼爸的模样。小狼快活得跟小狗没有什么两样。

但陈阵发现，其实小狼早已在睁开眼睛以前，就嗅出了这里不是它真正的家，狼的嗅觉要比它的视觉醒得更早。

陈阵一把抱起小狼，但在小狼急于进食的时候，是万万不能和它亲近的。陈阵拉开门，进了包，把小狼放在铁桶炉前面的地上。小狼很快就适应了蒙古包天窗的光线，立刻把目光盯准了碗架上的铝盆。陈阵用手指试了试肉粥的温度，已低于自己的体温，这正是小狼最能接受的温度。野狼是很怕烫的动物，有一次小狼被热粥烫了一下，吓得夹起尾巴，浑身乱颤，跑出去张嘴舔残雪。它一连几天都害怕那个盆，后来陈阵给它换了一个新铝盆，它才肯重新进食。

为了加强小狼的条件反射，陈阵又一字一顿地大声说:“小、狼，小、狼，开、饭、喽。”

话音未落，小狼嗖地向空中蹿起，它对“开饭喽”的反应，已经比猎狗听口令的反应还要激烈。陈阵急忙把食盆放在地上，蹲在两步远的地方，伸长手用炉铲压住铝盆边，以防小狼踩翻食盆。小狼便一头扎进食盆狼吞虎咽起来。

世界上，狼才真正是以食为天的动物。与狼相比，人以食为天，实在是太夸大其辞了。人只有在大饥荒时候，才出现像狼一样凶猛的吃相。而这条小狼，食物每天每顿都充足保障，但仍然像饿狼一样凶猛，好像再不没命地吃，天就要塌下来一样。狼吃食的时候，绝对六亲不认。小狼对于天天耐心伺候它吃食的陈阵也没有一点点好感，反而把他当做要跟它抢食、要它命的敌人。

草原上懒女人养赖狗，好女人养大狗。到了草原，只要看这家的狗，就知道这家的女人是好是赖。

15 狼以食为天

一个月来，陈阵亲近小狼，在各方面都有进展，可以摸它抱它亲它捏它拎它挠它，可以把小狼顶在头上，架在肩膀上，甚至可以跟它鼻子碰鼻子，还可以把手指放进狼嘴里。可就是在它吃食的时候，陈阵绝对不能碰它一下，只能远远地一动不敢动地蹲在一旁。只要他稍稍一动，小狼便凶相毕露，竖起挺挺的黑狼毫，发出低沉沙哑的咆哮声，还做出后蹲扑击的动作，一副亡命之徒跟人拼命的架势。

陈阵为了慢慢改变小狼的这一习性，曾试着将一把汉式高粱穗扫帚伸过去，想轻轻抚摸它的毛。但是扫帚刚伸出一点，小狼就疯了似的扑击过来，一口咬住，拼命后拽，硬是从陈阵手里抢了过去，吓得陈阵连退好几步。小狼像扑住了一只羊羔一样，扑在扫帚上脑袋急晃、疯狂撕啃，一会儿就从扫帚上撕咬下好几缕穗条。

陈阵不甘心，又试了几次，每次都一样。小狼简直把扫帚当做不共戴天的仇敌，几次下来那把扫帚就完全散了花。高建中刚买来不久的这把新扫帚，最后只剩下秃秃的扫帚把，气得高建中用扫帚把将小狼抽了几个滚。此后，陈阵只好把在小狼吃食的时候摸它脑袋的愿望暂时放弃了。

这次的奶粥量比平时几乎多了一倍，陈阵希望小狼能剩下一些，他就能再加点奶水和碎肉，拌成稍稀一些的肉粥，喂小狗们。但是他看小狼狂暴的进食速度，估计剩不下多少了。从它的这副吃相中，陈阵觉得小狼完全继承了草原狼的千古习性。狼具有战争时期的军人风格，吃饭像打仗，或者，真正的军人具有狼的风格。假如吃饭时不狂吞急咽，军情突至，下一口饭可能就再也吃不上了。

陈阵看着看着，生出一阵心酸。他像是看到了一个蓬头垢面、狼吞虎咽的流浪儿。它的吃相就告诉了你，那曾经的凄惨身世和遭遇。

若不是如此以命争食，在这虎熊都难以生存的高寒严酷的蒙古草原，狼如何能顽强地生存下来呢?

陈阵由此看到了狼艰难生存的另一面。繁殖能力很强的草原狼，真正能存活下来的，可能连十分之一都不到。毕利格老人说，腾格里有时惩罚狼，也是六亲不认的，一场急降的没膝深的大雪，就能把草原上大部分的狼冻死饿死。一场铺天盖地的狂风猛火，也会烧死熏死成群的狼。从灾区逃荒过来的饿疯了的大狼群，也会把本地的狼群杀掉一大半。加上牧人早春掏窝、秋天下夹、初冬打围、严冬猎杀，能侥幸活下来的狼便是其中的少数了。

老人还说，草原狼都是饿狼的后代，原先那些丰衣足食的狼，后来都让逃荒来的饥狼打败了。蒙古草原从来都是战场，只有那些最强壮、最聪明、最能吃能打、吃饱的时候记得住饥饿滋味的狼，才能顽强地活下来。

小狼在食盆里急冲锋，陈阵越看越能体会食物对狼的意义。蒙古草原狼有许多神圣的生存信条，而以命拼食就是其中根本的一条。陈阵喂养小狼，完全没有在喂狗的时候那种高高在上救世济民的感觉。小狼根本不领情，小狼绝没有被人豢养的意识，它不会像狗一样一见到主人端来食盆，就摇头摆尾感激涕零。

小狼丝毫不感谢陈阵对它的养育之恩，也完全不认为这盆食是人赐给它的，而认为这是它自己争来的夺来的。它要拼命护卫它自己争夺来的食物，甚至不惜以死相拼。在陈阵和小狼的关系中，养育一词是不存在的，小狼只是被暂时囚禁了，而不是被豢养。小狼以死拼食的性格中，似乎有一种更为特立独行、桀骜不驯的精神在支撑着它。

陈阵最后还是打消了在小狼吃食时抚摸它的愿望，决定尊重小狼的这一高贵的天性。以后他每次给小狼喂食的时候，都会一动不动地跪蹲在小狼两步远的地方，让小狼不受任何干扰地吞食；自己也在一旁静静地看小狼进食，虔诚地接受狼性的教诲。

转眼间，小狼的肚皮又胀得快要爆裂，吞食的速度大大下降，但仍在埋头拼命地吃。陈阵发现，小狼在吃撑以后就开始挑食了，先是挑粥里的碎肉吃，再挑星星点点的肉丁吃，它锐利的舌尖像一把小镊子，能把每一粒肉丁都镊进嘴里。不一会儿，杂色的八宝肉粥变成了黄白一色的小米粥了。

陈阵睁大眼睛看，小狼还在用舌尖镊吃着东西。陈阵仔细一看，乐了，小狼居然在镊吃黄白色粥里的白色肥肉丁和软骨丁。小狼一边挑食，一边用鼻子像猪拱食一样把小半盆粥拱了个遍，把里面所有荤腥的瘦肉丁、肥肉丁和软骨丁，丁丁不落地挑到嘴里。小狼又不甘心地翻了好几遍，直到一星肉丁也找不到的时候，仍不抬头。

陈阵伸长脖子再仔细看它还想干什么，他又乐了。小狼居然在用舌头挤压剩粥，把挤压出来的奶汤舔到嘴里面，奶也是狼的美食啊。

当小狼终于抬起头来的时候，一大盆香喷喷的奶肉八宝粥，竟被小狼榨成了小半盆没有一点油水、干巴巴的小米饭渣，色香味全无。陈阵气得大笑，他没想到这条小狼这么贪婪和精明。

陈阵没有办法，只好在食盆里加上一把碎肉，加了剩留的牛奶，再加上一点温水，希望还能兑出大半盆稀肉粥来，可是他怎么搅也只能搅出肉水稀饭来。陈阵把食盆端到包外，把稀汤饭倒进狗的食盆里，小狗们一拥而上，但马上就不满地哼哼叫起来了。陈阵感到了牧业的艰辛，喂养狗也是牧人分内的一件苦差事，再加上一条狼，他就更辛苦了。而这份苦，完全是他心甘情愿自找的。

小狼撑得走不动道了，趴在地上远远地看小狗们吃剩汤。小狼吃饱了什么都好说。陈阵走近小狼，亲热地叫它的名字："小狼，小狼。"小狼一骨碌翻了个身，四

爪弯曲，肚皮朝天，头皮贴地，顽皮淘气地倒看着陈阵。

陈阵上前一把抱起小狼，双手托着小狼的胳肢窝，把它高高地举上天，一连举了五六次。小狼又怕又喜，嘴高兴地咧着，可后腿紧紧夹着尾巴，还轻轻发抖。但小狼已经比较习惯陈阵的这个举动了，它好像知道这是一种友好的行为。陈阵又把小狼顶在脑袋上，架在肩膀上。它有点害怕，用爪子死死抠住陈阵的衣领。

回到地上，陈阵盘腿坐下，把小狼朝天放在了自己腿上，给它做例行的肚皮按摩。这是母狗和母狼帮助小崽们食后消化的工作，现在轮到他来做了。陈阵觉得这件事很好玩，用巴掌慢慢揉着小狼的肚皮，一边听着小狼舒服快乐的哼哼声，和小狼打嗝放屁的声音。

吃食时狂暴的小狼，这时候变成了一条听话的小狗，它用两只前爪抱住陈阵的一根手指头，不断地舔，还用尖尖的小狼牙轻轻地啃咬。小狼的目光也很温柔，揉到特别舒服的时候，小狼的眼里会充满盈盈的笑意，似乎把陈阵当做了一个还算称职的后妈。

辛苦之余，小狼还给了陈阵加倍的欢乐。此时陈阵忽然想起在遥远的古代，或者不知什么地方的现在，一条温柔的母狼，在用舌头给刚吃饱奶的“狼孩”舔肚皮；光溜溜的小孩儿高兴得啃着自己的脚指头，咯咯地笑。一群大小野狼围在这团小胖肉旁边相安无事，甚至还会叼肉来给他吃。

天下的母狼曾经收养了多少人孩？多少年来关于狼的奇特传说，如今陈阵能够身临其境了，他正在亲身感受、亲手触摸着狼性温柔的一面。

陈阵低下头，用自己的鼻子碰了碰小狼的湿鼻头，小狼竟像小狗一样舔了一下他的下巴，这使他兴奋而激

动。这是小狼第一次对他表示信任，他和小狼的感情又进了一步。他慢慢地享受品味着这种纯净的友谊，觉得自己的生命向远古延伸得很远很远。有一刻他忽然觉得自己好像很老很老了，却还保持着人类幼年时代的野蛮童心。

唯独使陈阵隐隐不安的是：这条小狼不是从野外捡来的，也不是病死战死的母狼的弃儿或遗孤。那种收留和收养，充满了自然原始的爱。可他的这种强盗似的收养，却充满了人为的刻意。他为了满足自己猎奇的心理和研究的需要，把天下流传至今的美好的人狼故事，强制性地倒行逆施了。他时时都在担心那条被抄了窝的母狼来报复，这也许是科学和文明进程中的冷酷与无奈。

二郎已经把它那份食物吃完了，向陈阵慢慢走来。二郎每次看到陈阵抱着小狼给它揉肚皮的时候，总会走得很近，好奇地望着他俩，有时还会走到小狼的身旁给它舔肚皮。陈阵伸手摸摸二郎的脑袋，它冲他轻轻咧嘴一笑。

自从陈阵收养了小狼以后，二郎与他的距离忽然缩短了。难道他自己身上也有野性和狼性？如是那样倒有意思了：一个有野性狼性的人，一条有野性狼性的狗，再加上一条纯粹的野狼，共同生活在充满野性狼性的草原上。

陈阵觉得自从对草原狼着了迷以后，他身上委靡软弱无聊的情绪好像正在减弱，而血管里开始流动起使他感到陌生的狼性血液。生命变得茁壮了，以往苍白乏味的生活变得充实饱满了。他觉得自己重新认识了生命和生活，开始珍惜和热爱生命和生活。

小狼开始在陈阵的腿上乱扭，陈阵知道小狼要撒尿拉屎了。它也看到了二郎，想跟它一块儿玩了。陈阵松开手，小狼一骨碌跳下地，撒了一泡尿就去扑闹二郎，又爬到了二郎背上玩耍。小狗们也想爬上来玩，但都被小狼拱下去，小狼沙哑的声音在咆哮发威，一副占山为王的架势。

两条小公狗突然一起发动进攻，叼住小狼的耳朵和尾巴，然后一起滚下狗背。三条小狗一拥而上，把小狼压在身下乱掐乱咬，小狼气呼呼地踹腿挣扎，地面上尘土飞扬，打得不可开交。可是不一会儿，陈阵就听到一条小公狗一声惨叫，小爪子上流出了血，小狼居然在玩

闹中动了真格。

陈阵决定主持公道，他揪着小狼的后脖颈把它拎起来，走到小公狗面前，把小狼的头按在小狗受伤的爪子前面，用小狼的鼻子撞小狗的爪子。但小狼毫无认错之意，继续皱鼻龇牙发狼威，吓得小狗们都躲到伊勒的身后。伊勒火冒三丈，它先给小狗舔了几下伤口，接着便冲到小狼面前猛吼了两声，张口就要咬。

陈阵急忙把小狼抱起来转过身去，吓得心嗵嗵乱跳，他不知道哪天两条大狗真会把小狼咬死。在没有笼子和圈的情况下，养着这么一个小霸王太让他操心了。陈阵连忙摸头拍背安抚伊勒，总算让它消了气。陈阵再把小狼放在地下，伊勒不理它，带着三条小狗到一边玩去了。小狼又去爬二郎的背，奇怪的是，凶狠的二郎对小狼总是宽容慈爱有加。

狼具有战争时期的军人风格，吃饭像打仗，或者，真正的军人具有狼的风格。假如吃饭时不狂吞急咽，军情突至，下一口饭可能就再也吃不上了。

16
狼可杀可拜不可养

忙完了给小狼喂食，陈阵开始清理牛车，为搬家迁场做准备。突然，陈阵看见毕利格老人赶着一辆牛车，拉了一些木头朝他的蒙古包走来。陈阵慌忙从牛车上跳下来，抓起小狼，将小狼放进狼窝，盖好木板，压上大石头。他心跳得也希望有一块大石头来压一压。

黄黄和伊勒带着小狗们摇着尾巴迎向老人。陈阵赶紧上前帮老人卸车拴牛，并接过老人沉重的木匠工具袋。每次长途迁场之前，老人总要给知青包修理牛车。陈阵说："阿爸，我自个儿也能凑合修车了，以后您老就别再帮我们修了。"

老人说："凑合可不成。这回搬家路太远，又没有现成的车道，要走两三天哪。一家的车误在半道，就要耽误全队全组的车。"

陈阵提心吊胆地说：“阿爸，您先到包里喝口茶吧，我先把要修的车卸空。”

老人说：“你们做的茶黑糊糊的，我可不爱喝。”说完突然朝压着石头的木板走去，沉着脸说道：“我先看看你养的狼崽。”

陈阵吓慌了神，连忙拦住了老人说：“您先喝茶吧，别看了。”

老人瞪圆杏黄色的眼珠喝道：“都快一个多月了，还不让我看！”

陈阵横下一条心说：“阿爸，我打算把狼崽养大了，配一窝狼狗崽……”

老人满脸怒气，大声训道：“胡闹！瞎胡闹！外国狼能配狼狗，蒙古狼才不会配呢。蒙古狼哪能看得上狗，狼配狗？做梦！你等着狼吃狗吧！”

老人越说越生气，每一根山羊胡子都在抖动：“你们几个越来越不像话了。我在草原活了六十多岁，还从没听说有人敢养狼。那狼是人可以养的吗？狗是啥东西？狗是吃人屎的，狼是吃人尸的。狗吃人屎，是人的奴才；狼吃人尸，是送蒙古人的灵魂上腾格里的神灵。狼和狗，一个天上，一个地下，能把它们俩放到一块堆儿养吗？还想给狼和狗配对？要是我们蒙古人给你们汉人的龙王爷配一头母猪，你们汉人干吗？冒犯神灵！冒犯蒙古祖宗！冒犯腾格里啊！你们要遭报应的啊，连我这个老头子也要遭报应……”

陈阵从没见过老人发这么大的火。小狼这个火药桶终于爆炸了，陈阵的心顿时被炸成了碎片。老人这次像老狼一样动了真格了。他生怕老人气得一脚踢上石头踢伤了脚，再气得一石头砸死小狼。

老人铁嘴狼牙，越说越狠，毫无松口余地：“一开始听说你们养了一条狼崽，我还当是你们汉人学生不懂草原规矩，不知道草原忌讳，只是图个新鲜，玩几天就算了。后来听说道尔基也养了一条，还打算配狼狗，真打算要养下去了。这可不成！今儿你就得当着我的面，把这条狼崽给处理掉……”

陈阵知道自己闯了大祸。草原养狼，千年未有。士可杀，不可辱。狼可杀可拜，但不可养。一个年轻的汉人深入草原腹地，在草原蒙古人的祖地，在草原蒙古人祭拜腾格里，祭拜蒙古民族的兽祖、宗师、战神和草原保护神狼图腾的圣地，像养狗似的养一条小狼，实属大逆不道。如果这件事发生在古代草原，陈阵非得被视作罪恶的异教徒，五马分尸、抛尸喂狗不可。就是在现代，这也是违反国家少数民族政策、伤害草原民族感情的行为。

但陈阵最怕的，是他深深地激怒和伤害了毕利格老阿爸，一位把他领入草原狼图腾神秘精神领域的蒙古老人。而且就连他掏出的那窝狼崽，也是在老人一步步指点下挖到手的。他无法坚持，也不能做任何争辩了。他哆哆嗦嗦地叫道:“阿爸!”

老人手一甩喊道:“甭叫我阿爸!”

陈阵苦苦央求:“阿爸，阿爸，是我错了，是我不懂草原规矩，冒犯了神灵，冒犯了您老……阿爸，您说吧，您说让我怎么处理这条可怜的小狼吧。”陈阵的泪水猛然涌出眼眶，止也止不住，泪水洒在小狼和他刚才还快活地玩耍和亲吻的草地上。

老人一愣，两眼定定地望着陈阵，显然一时也不知道该如何处理这条小狼。老人肯定知道陈阵养狼根本就不是为了配狼狗，而是被草原狼迷昏了头。陈阵是他精心栽培的半个汉族儿子，他对草原狼的痴迷，已经超过了大部分蒙古年轻后生。然而，恰恰就是陈阵，干出了使老人最不能容忍的恶行。这是一件老人从未遇到过，也从未处理过的事情。

老人仰望腾格里长叹一声，说道:“我知道你们汉人学生不信神，不管自个儿的灵魂。虽说这两年多，你是越来越喜欢草原和狼了，可是，阿爸的心你还是不明白。阿爸老了，身子骨一年不如一年了。草原又苦又冷，蒙古人像野人一样在草原上打一辈子仗，蒙古老人都有一身病，都活不长。过不了多少年，你阿爸就要去腾格里了，你咋能要阿爸的灵魂带上养在狗窝里的狼呢？你这么做，阿爸有罪啊，腾格里兴许就不要你阿爸的灵魂了，把我打入戈壁下面又呛人又黑的地狱。草原上要是都像你对奴才一样待狼，蒙古人的灵魂就没着没落了……”

陈阵小声辩解说:“阿爸，我哪是像对奴才一样对待小狼啊，我自己都快成了小狼的奴才了。我天天像伺候蒙古王爷少爷一样地伺候小狼，挤奶喂奶，熬粥喂粥，煮肉喂肉。怕它冷，怕它病，怕它被狗咬，怕它被人打，怕老鹰把它抓走，怕母狼把它叼走，连睡觉都不安稳。连高建中都说我成了小狼的奴隶。腾格里全看得见，腾格里最公平，他是不会怪罪您老的。”

老人又是微微一愣，他相信陈阵说的全是真的。如果陈阵像供神灵，供奉王爷一样地供着小狼，这是冒犯神灵还是敬重神灵呢？老人似乎难以做出判断，不管在方式上，陈阵如何不合蒙古草原的传统和规矩，但陈阵的心是诚的。蒙古草原人最看重的就是人心，老人像狼一样凶狠的目光渐渐收敛。

陈阵隐约看到了一线希望，心里期待着这位睿智的老阿爸能给他这个敬重狼图腾的汉族年轻人一个破例，救下石头下面那个才出生两个月多的小生命。

陈阵擦干眼泪，喘了一口气，压了压自己恐慌而又焦急的情绪说：“阿爸，我养狼就是想实实在在地摸透草原狼的脾气、习性和品行，想知道狼为什么那么厉害，那么聪明，为什么草原民族那样敬拜狼。您不知道，我们汉族人是多么恨狼，把最恶最毒的人说成是狼心狗肺，把欺负女人的人叫做大色狼，说最贪心的人是有狼子野心，把美帝国主义叫做野心狼，大人吓唬孩子，就说是狼来了……”

陈阵看老人的表情不像刚才那样吓人了，壮了壮胆子接着说下去：“在汉人的眼里，狼是天下最坏最凶恶最残忍的东西，可是蒙古人却把狼当神一样地供起来，活着的时候学狼，死了还把自己喂狼。一开始我也不明白这是为什么。在草原两年多了，要不是您经常开导我，给我讲狼和草原的故事和道理，经常带我去看狼打狼，我不会这么迷狼的，也不会明白那么多的事理。可是我觉着从远处看狼琢磨狼，还是看不透也琢磨不透，最好的办法就是养条小狼，近近地看，天天和它打交道。养了一个多月的小狼，我还真的看到了许多以前没有看到的东西，我越来越觉得狼真是了不起的动物，真是值得人敬拜。可到现在为止，咱们牧场还有一大半的知青，没有改变对狼的看法呢。知青到了草原还不明白狼，那没到过草原的几亿汉人哪能明白呢？以后到草原上来的汉人越来越多，真要是把狼都打光了，草原可怎么办呢？蒙古人遭殃，汉人就更要遭大殃。我现在真是很着急，我不能眼看着这么美的草原被毁掉……”

老人掏出烟袋，盘腿坐到石头前。陈阵连忙拿过火柴，给老人点烟。老人抽了几口说：“是阿爸把你带坏了……可眼下咋办？孩子啊，你养狼不替你阿爸想，也得替乌力吉想想，替大队想想。老乌场长刚被罢了官，四个马倌记了大过，这是为的啥？就是上面说老乌尽护着狼了，从来不好好组织打狼，还说你阿爸是条老狼，大队的头狼，咱们二队是狼窝。这倒好，在这个节骨眼上，咱队的知青还真的养了一条小狼。别的三个大队的学生咋就不养？这不明摆着说你是受二队坏人的影响吗？你这不是往人家手里送把柄吗？”

老人忧郁的目光，从一阵阵烟雾中传递出来，他的声音越发低沉：“再说，你养小狼，非把母狼招来不可，母狼还会带一群狼过来。额仑草原的母狼最护崽，它们的鼻子也最尖。我估摸母狼一准能找见它的崽子，找到你这块营盘来报复。额仑的狼群什么邪性的事都干得出来。咱们队出的事故还少吗？要是再出大事故，老乌和队里的干部就翻不了身。狼群盯上了你的羊群，逮个空子毁掉你大半群羊，毁了集体财产，你没理啊，那你非得坐牢不可……”

陈阵的心刚刚暖了一半，这下又凉下去多半截。在少数民族地区养狼，本身就违反民族政策，而在羊群旁边养狼，这不是有意招狼，故意破坏生产吗？

陈阵的手不由得微微发抖，看来今天自己不得不亲手把小狼抛上腾格里了。

老人的口气缓和了些，说：“包顺贵上台了，他是蒙古族人，可他早就把蒙古祖宗忘掉了。他比汉人还要恨狼，不打狼就保不住他的官。你想，他能让你养狼吗？”

陈阵抱着最后一线希望说："您能不能跟包顺贵说，养狼是为了更好地对付狼，是科学实验。"

老人说："这事你自个儿找他去说吧，今天他就来我家住，明天你就找他去吧。"老人站起身，回头看了看那块大石头说："你养狼，就不怕狼长大了咬羊，咬你，再咬别人？狼牙有毒，咬上一口，没准人就没命了。我今天就不看狼崽了，看了我心里难受。走，修车去吧。"

老人修车的时候一句话也不说。陈阵还没有做好处死小狼的心理准备，但他不能再给处境困难的老阿爸和乌力吉添乱了……

老人和陈阵修好了两辆牛车，正要修第三辆车的时候，三条大狗猛吼起来，包顺贵和乌力吉一前一后地骑马跑了过来。陈阵急忙喝住了狗，包顺贵一下马就对毕利格说："你老伴说你到这儿来了，我正好也打算看看小陈养的小狼崽。"

陈阵的心急跳不停，草原的消息传得比马蹄还快。

包顺贵说："我是为新草场的事来的。听说你们打算开辟新草场，这事儿都惊动了旗盟领导，他们很重视啊，指示我们要争取当年成功。能增加这么大的一片新牧场，载畜量就可以翻一番，真是件大好事。这件事是你们俩挑头干的，这次我特地让乌力吉住到你家，这样你们研究工作就更方便了。”

毕利格老人说：“这件事是老乌一人带头干的，不论啥时候，他的心都在草原上。”

乌力吉淡淡一笑说：“咱们商量一些具体的事吧。迁场路太远，搬家困难不少，场部的汽车和两台胶轮拖拉机，应该调到二队帮忙，还得抽调一些劳力把路修一修……”

包顺贵说：“我已经派人通知今晚队干部开会，到时候再议吧。”他扭头对陈阵说：“好吧，让我见识见识你养的小狼。”

陈阵看了看毕利格老人，老人仍不说话。陈阵赶紧说：“我已经不打算养了，养狼违反牧民的风俗习惯，也太危险，要是招来狼群我可负不起这个责任。”他一边说着，一边搬开石头掀开了案板。

洞里，胖乎乎的小狼正要往上爬，一见洞上黑压压的人影，立即缩到壁角，皱鼻龇牙，可是全身的狼毫瑟瑟发抖。

包顺贵眼里放出光彩，大声叫好：“哈！这么大的一条狼崽，才养了一个多月，就比你交上来的狼崽皮大两倍多。早知道这样，还不如让你都养了，等大一点再杀，十几张皮就能做一件小狼皮袄了。你们瞧，这身小狼皮的毛真好看，比没断奶的狼崽皮厚实多了……”

陈阵苦着脸说:“那我也养不起，狼崽特能吃，一天得吃一大盆肉粥，还要喂一碗牛奶。”

包顺贵说:“你怎么就算不过账来呢？小米子换大皮子多划算啊。明年各队如果再掏着了狼崽，一律不准杀，等养大两三倍再杀。”

老人冷笑道:“哪那么省事儿，断奶前他是用狗奶喂狼崽的，要是养那么多的狼崽，上哪儿找那么多母狗去?”

包顺贵想了想说:“哦，那倒也是。”

陈阵伸手捏着小狼的后脖颈，将它拎出洞。小狼拼命挣扎，在半空中乱蹬乱抓，浑身抖个不停。狼其实是天性怕人的动物，只有被逼急了才会伤人。

他把小狼放在地上，包顺贵伸出大巴掌在小狼身上摸了几下，笑道:“我还是头一回摸活狼呢，还挺胖啊，有意思，有意思。”

乌力吉说:“小陈啊，看得出来，这一个多月你没少费心。野地里的小狼都还没长这么大呢，你比母狼还会带狼崽了。早就听说你迷上了狼，碰到谁都要让人讲点狼的故事，真没想到你还养上了狼，你是不是走火入魔了?”

毕利格老人出神地看着小狼，他收起烟袋，说道:“我活这么大的岁数，这还是头一回瞅见人养的小狼，养得还挺像样儿。陈阵这孩子真是上了心啊，刚才求了我老半天。可是，在羊群旁边养狼，不全乱套了吗？要是问全队的牧民，没一个会同意他养狼的。今儿你们俩都在，我想，这孩子有股钻劲，他想搞个科学实验，你们说咋办？”

包顺贵好像对养狼很感兴趣，他想了想说：“这条小狼现在杀了也可惜了，就这么一张皮子，做啥也不好做。能把没断奶的狼崽养这么大，不容易啊。我看这样吧，既然养了，就先养着试试吧。养条狼做科学实验，也说得过去。研究敌人是为了更好地消灭敌人。往后我也真得常来这儿看看小狼呢，听说，你还打算把狼养大了配狼狗？”

陈阵点点头：“是想过，可阿爸说根本成不了。”

包顺贵问乌力吉：“这事儿草原上从前有人做过吗？”

乌力吉说：“草原民族敬狼拜狼，哪能配狼狗？”

包顺贵说：“那倒可以试一试嘛，这更是科学实验了。要是能配出蒙古狼狗来，没准比德国狼狗、苏联狼狗都厉害。蒙古狼是世界上最大最厉害的狼，配出的狼狗准错不了。牧民要是有了蒙古狼狗看羊，狼没准真的不敢来了。我看这样吧，往后牧民反对，你们就说是在搞科学实验。不过，小陈你记住了，千万注意安全。”

乌力吉说：“老包说可以养，那你就养吧。不过我得提前告诉你，出了事还得你自己担着，不要给老包添麻烦。我看你这么养着太危险，最好弄条铁链子拴着养，不让狼咬着人咬着羊。”

包顺贵说：“对，绝对不能让狼伤着人，要是伤了人，我马上就毙了它。”

陈阵紧张得心都快跳出来了，连声说：“一定一定！不过……我还有一件事得求你们，我知道牧民都反对养狼，你们能不能帮我做做工作？”

乌力吉说：“你阿爸说话比我管用，他说一句顶我一百句呢。”

老人摇摇头说：“唉，我把这孩子教过了头，是我的错，我也担待一点吧。”

老人将木匠工具袋留给陈阵，便套好牛车回家。包顺贵和乌力吉也上马跟着牛车一块儿走了。

陈阵像是大病初愈，兴奋得没有一点力气，几乎瘫坐在狼窝旁边。他紧紧搂抱着小狼，搂得小狼又开始皱鼻龇牙。陈阵急忙给它挠耳朵根，一下就搔到了小狼的痒处，小狼立刻软了下来，闭着一只眼，歪着半张嘴，伸头伸耳去迎陈阵的手，全身舒服得直打颤，像是得了半身不遂，失控地抖个不停。

在汉人的眼里，狼是天下最坏最凶恶最残忍的东西，可是蒙古人却把狼当神一样地供起来，活着的时候学狼，死了还把自己喂狼。

17
小狼被拴上了铁链

二大队的人畜，经过两天两夜的跋涉，终于进入了牧场东北部那片新开辟的草场。

陈阵终于看清了这片边境草原美丽的处女地，这可能是中国最后一片处女草原了，美得让他几乎窒息。眼前是方圆几十里的碧绿大盆地，盆地的东方是重重叠叠、一波一波的山浪，一直向大兴安岭的余脉涌去。绿山青山、褐山赭山、蓝山紫山，推着青绿褐赭蓝紫色的彩波，向茫茫的远山泛去，与粉红色的天际云海相汇。盆地的北西南三面，是浅碟状的宽广大缓坡，从三面的山梁缓缓而下。草坡像是被腾格里修剪过的草毯，整齐的草毯上还有一条条一片片蓝色、白色、黄色、粉色的山花图案，色条之间散点着其他各色野花，将大片色块色条衔接过渡得自然天成。

一条标准的蒙古草原小河，从盆地东南山谷里流出。小河水一流到盆地底部的平地上，立即大幅度地扭捏起来。每一曲河弯河套，都弯成了马蹄形的小半圆或大半圆，犹如一个个开口的银圈。整条闪着银光的小河宛若一个个银耳环、银手镯和银项圈贯串起来的银嫁妆；又像是远嫁到草原的森林蒙古姑娘，在欣赏草原美景，她忘掉了自己新嫁娘的身份，变成了一个贪玩的小姑娘，在最短的距离内绕行出最长的观光采花路线。河弯河套越绕越圆，越绕越长，最后注入盆地中央的一汪蓝湖。泉河清清，水面上流淌着朵朵白云。

盆地中央竟是陈阵在梦中都没有见过的天鹅湖。望远镜镜头里，宽阔的湖面出现了十几只白得耀眼的天鹅，在茂密绿苇环绕的湖中幽幽滑行，享受着世外天国的宁静和安乐。天鹅四周是成百上千的大雁、野鸭和各

种不知名的水鸟。五六只大天鹅忽地飞起来，带起了大群水鸟，在湖与河的上空低低盘旋欢叫，好像隆重的迎亲乐团。泉湖静静，湖面上漂着朵朵白羽。

在天鹅湖的西北边还有一个天然出口，将湖中满溢的泉水，输引到远处上万亩密密的苇塘湿地里去了。

这也许是中国最后一个从未受人惊扰过的原始天鹅湖，也是中国北部草原边境上，最后一处原始美景了。

高原初夏的阳光，将盆地上空浮岛状的云朵照得又白又亮，晃得人睁不开眼睛。空气中弥漫着羊群羊羔嚼出的山葱野蒜的气味，浓郁而热辣。人们不得不时时眨一下眼睛，滋润一下自己的眼珠。

二大队三十多个蒙古包，扎在盆地西北接近山脚的缓坡上。两个蒙古包组成一个浩特，浩特与浩特相距不到一里，各个生产小组之间相距也很近。毕利格老人下令如此集中扎营，是为了防止新区老区狼群的轮番或联合攻击。这样密集的人群狗群防线，额仑的狼群无论如何也难以攻破，陈阵稍稍放下心来。

大队几十群牛羊马都已开进了新草场，处女草地一天之间就变成了天然大牧场。四面八方传来歌声、马嘶声、羊咩声和牛吼声，开阔的大盆地充满了喜气洋洋的人气、马气、羊气和牛气。

陈阵和杨克的羊群，散在蒙古包后面不远的山坡上吃草。陈阵对杨克感慨道：“这块新草场与去年的夏季草场，真有天壤之别，我甚至产生了那种开疆辟土般的快感和自豪，有时觉得好像在梦游，把羊放到了伊甸园来了。”

杨克深深地吸了一口草香说道：“我也有同感，这真是个世外草原，天鹅草原。在天鹅飞翔的蓝天下牧羊，多浪漫啊，连伊甸园里可能都没有白天鹅……”

两人一边说着，急着去看小狼。

小狼对视野宽广的新环境十分好奇和兴奋。它有时对排队去小河饮水的牛群看个没完，有时又对几群亮得刺眼的白羊群歪着头反复琢磨；过了一会儿，又远眺湖泊上空盘旋飞翔的水鸟群。小狼看花了眼，它从来没有一下子看到过这么多的东西。在搬家前的接羔草场，陈

阵的浩特距最近的毕利格家都有四五里远，那时小狼只能看到一群牛，一群羊，一个石圈，两个蒙古包和六辆牛车。

在搬往新草场的路上，小狼被关在牛粪箱里两天一夜，什么也没看到。当它再次见到阳光时，周围竟然变成这个样子了。小狼亢奋得上蹿下跳，如果不是那条铁链拴着它，它一定会跟着狗们到新草地上撒欢撒野，或者与过路的小狗们打架斗殴。

陈阵不得不听从乌力吉的意见，将小狼用铁链拴养。小狼脖子上的牛皮项圈扣在铁链上，铁链的另一端扣连在一个大铁环上，铁环又松松地套在一根胳膊粗的山榆木的木桩上，木桩埋砸进地面两尺深，露出地面部分有近一米高。木桩上又加了一个铁扣，使铁环脱不出木桩。这套囚具结实得足以拴一头牛。它的结构又可以避免小狼跑圈时将铁链缠住木桩，越勒越短，最后勒死自己。

在搬家前的一个星期里，小狼失去了自由，它被一根长一米半的铁链拴住，成了一个小囚犯。陈阵心疼地看着小狼怒气冲冲地与铁链战斗了一个星期，半段铁链一直被咬得湿漉漉的。可是它咬不断铁链，拔不动木桩，只能在直径三米的圆形露天监狱里度日。陈阵经常加长放风遛狼的时间，来弥补他对小狼的虐待。

小狼每天最快乐的时刻，就是偶尔有一条小狗走进狼圈陪它玩，但它每次又忍不住将小狗咬疼咬哭咬跑，最后重又落得个孤家寡人。只有二郎时常会走进狼圈，有时还故意在圈里休息，让小狼没大没小地在它身上踩肚踩背踩头，咬耳咬爪咬尾。

小狼一天中最重要的一项内容，就是眼巴巴地盯着蒙古包门旁属于自己的食盆，苦苦等待食盆加满再端到它的面前。它全然不能意识到自己成为囚徒的真正原因。小狼眼里总是充满愤怒：为什么小狗们能自由自在，而它就不能？故而常常向小狗发泄，直到把小狗咬出血。在原始游牧条件下，在狗群羊群人群旁边养狼，若不采取“非人的待遇”，稍一疏忽，小狼也许就会伤羊伤人，最后难逃被处死的结局。

陈阵好几次轻声细语地对小狼说明了这一点，但小狼仍然冥顽不化。陈阵和杨克开始担心这种极其不公平的待遇，会对小狼的心理发展产生严重影响。用铁链拴养小狼必然使小狼丧失个性，丧失自由发展的条件和机会，那么，在这种条件下养大的狼，还能算是真正的狼吗？它与陈阵杨克想了解的野生草原狼，肯定会有巨大差别。他俩的科学研究，一开始就碰上了研究条件不科学的致命问题。如果能在某个定居点的大铁笼或一个大石圈里养狼，狼就能相对自由，也能避免对人畜的危害了。

陈阵和杨克隐隐感到他们有些“骑狼难下”了，也许这个科学实验早已埋下了失败的种子。杨克有一次偶尔露出了想放掉小狼的念头，但被陈阵断然拒绝。杨克的心里也实在是舍不得放，此后对小狼越发疼爱了。

草原又到了牛群自由交配的季节。那几头雄壮的氓牛——草原自由神，居然在当夜就闻着母牛的气味，轰轰隆隆地追到了新草场，找到了它们的妻妾。

小狼对近在眼前的一头大氓牛很害怕，赶紧把身子缩在草丛中。当氓牛狂暴地骑上一头母牛后胯的时候，小狼吓得向后猛地一蹿，一下子被铁链拽翻了一个大跟头，勒得它吐舌头，翻白眼。小狼经常忘记自己脖子上的锁链，等到氓牛又去追另一头向它示意的母牛的时候，小狼才算平静下来。

小狼对这个新囚地，似乎还算满意，

它开始在狼圈里打滚撒欢。新居的领地里长满了一尺高的青草，比原来的干沙狼圈舒服多了。小狼仰面朝天躺在草上，又侧着头一根一根地咬草拽草，它自己可以和青草玩上半小时。生命力旺盛的小狼在这个小小的天地里，为自己找到了可以燃烧生命的运动，它又开始每日数次地跑圈，它沿着狼圈的外沿全速奔跑，一圈又一圈，不知疲倦。

小狼疯跑了一阵以后，突然急刹车，掉头逆时针地跑。跑累了便趴在草地上，像狗一样地张大嘴，伸长舌头，滴着口水，散热喘气。陈阵发现小狼这些日子跑的时间和圈数，超出平时几倍，它好像有意在为自己脱毛换毛加大运动量。毕利格老人说，小狼第一次换毛，要比大狼晚得多。

草地最怕踩，狼圈新跑道上的青草，全被小狼踩得委靡打蔫。

18
儿马子大战

突然，东面响起一阵急促的马蹄声，张继原骑马奔来，额头上扎着醒目的白绷带。陈阵和杨克吃了一惊，忙去迎接，张继原大喊："别别！别过来！"他骑的那匹小马，一惊一乍，根本不容人接近。两人才发现他骑的是一匹刚驯的生马生个子①。两人急忙躲开，让他自己找机会下马。

在蒙古草原，蒙古马马性刚烈，尤其是乌珠穆沁马，马性更暴。驯生马，只能在马驹长到新三岁，也就是不到三岁的那个早春开始驯。早春马最瘦，而新三岁的小马又刚能驮动一个人。如果错过这个时段，当小马长到新四岁的时候，就备不上鞍子，戴不上嚼子，根本

①生个子：还没被驯服的、带有野性的马。

驯不出来了。就算让别人帮忙，揪住马耳把马摁低了头，强行备鞍戴嚼上马，马也绝不服人骑，不把人尥下马决不罢休。哪怕用武则天的血腥驯马法也无济于事，这匹马就可能成为永远无人能骑的野马了。

每年春季，马倌把马群中野性不是最强的新三岁小马，分给牛倌羊倌们驯，谁驯出的马，就归谁白骑一年。如果骑了一年后，觉得这马不如自己名下其他的马好，可将新马退回马群。当然，这匹驯好的新马从此就有了名字。

在额仑草原，给马取名字的传统方法是：驯马人的名字加上马的颜色，比如：毕利格红、巴图白、兰木扎布黑、沙茨楞灰、桑杰青、杨克黄、陈阵栗等等。以驯马人名字来给新马命名，是草原对勇敢者的奖励。拥有最多以自己名字命名的马的骑手，在草原上受到普遍的尊敬；如果驯马人觉得自己驯出的是一匹好马，他就可以要下这匹马，但必须用自己原来名额中的一匹马来换。一般羊倌牛倌会用自己名下的四五匹、五六匹马中，最老最赖的马，去换一匹有潜力的小新马。马名一旦取好，将伴随马的一生，互相很少有重名的。

在草原上，马是草原人的命。没有好马，没有足够的马和马力，就逃不出深雪、大火和敌兵的追击，送不及救命的医生和药物，报不及突至的军情和灾情，并且套不住狼，追不上白毛风里顺风狂奔的马群牛群和羊群，等等。毕利格老人说，草原人没有马，就像一条狼被夹断两条腿。

羊倌牛倌要想得好马，只能靠自己驯马。草原人以骑别人驯出的马为耻。在额仑草原，即便是普通的羊倌牛倌，骑的都是自己驯出来的马。优秀的羊倌牛倌，骑着一色儿的好马，让年轻的小马倌看了都眼红。

马群中剩下的野性最强的新三岁马，大多由马倌自己驯。马倌的马技最好，驯出的马最多，好马倌就有骑不完的马。但是遇到野性奇强的生马，马倌被摔得鼻青脸肿，肉伤骨折的事也时有发生。

但在额仑草原，往往野性越大的马，就越是快马和有长劲的上等马。哪个马倌好马最多，哪个马倌的地位就最高，荣誉就最多。蒙古草原鼓励男儿钻狼洞、驯烈马、斗恶狼、摔强汉、上战场、出英雄。蒙古草原是战斗的草原，是勇敢者的天下。蒙古大汗是各部落联盟推选出来，而不是世袭钦定的。

张继原一边挠着马脖子，一边悄悄脱出一只脚的马蹬，趁生个子分神儿的机会，他一抬腿利索地落地。生马惊得连尥了十几下，差点把马鞍尥下马背。张继原急忙收短缰绳，把马头拽到面前，以避开后蹄。又费了半天劲，才把马赶到牛车轱辘旁拴结实。生个子暴躁地猛

挣缰绳，把牛车挣得哐哐响。

陈阵和杨克都长舒了一口气。杨克说："你小子真够玩命的，这么野的马你也敢压？"张继原摸了摸额头说："早上我让它尥了下来，脑袋上还让它尥了一蹄子，正中脑门，把我踢昏过去了，幸亏巴图就在旁边。青草还没长出来的时候，我就压了它两次，根本压不住，后来又压了两次才算老实了。哪想到它吃了一春天的青草，上了膘，又不肯就范了。幸亏是小马，蹄子还没长圆，没踢断我的鼻梁，要是大马我就没命了。这可是匹好马坯子，再过一两年准是匹名马。在额仑，谁都想得到好马，不玩命哪成！"

陈阵说："你小子越来越让人提心吊胆。什么时候，你既能压出好马，又不用打绷带，那才算出师了。"

张继原说:“再有两年差不多。今年春天我连压了六匹生个子，个个都是好马。往后你们俩打猎出远门，马不够骑就找我。我还想把你们俩的马全换成好马。”

杨克笑道:“你小子胆子大了，口气也跟着见长。别人嚼过的馍没味道，我想换好马，自个儿驯。今年尽顾小狼了，没时间压生个子，等明年吧。”

陈阵也笑着说:“你们俩的狼性都见长。真是近朱者赤，近狼者勇。”

马群饮完了水，慢慢走到陈阵蒙古包正前方坡下的草甸上。张继原说:“这里是一个特棒的观战台，居高临下，一览无余，跟你们说十遍，不如让你们亲眼看一遍。从前大队不让马群离营盘太近，你俩没机会看，这回就让你们俩开开眼，一会儿你俩就知道什么叫蒙古马了。”

新草场地域宽广，草多水足，进来的又只是一个大队的牲畜，大队破例允许马群饮完水以后，可以在牛羊的草场上暂时停留一段时间。由于没有人轰赶，马群都停下来，低头吃草。

陈阵和杨克立即被高大雄壮剽悍的儿马子（雄种马）夺去了视线。儿马子全都已经换完了新毛，油光闪闪，比蒙古袍的缎面还要光滑。儿马子的身子一动，皮下条条强健的肌肉，宛如肉滚滚的大鲤鱼在游动。儿马子最与众马不同的是它们那雄狮般的长鬃，遮住眼睛，遮住整段脖子，遮住前胸前腿。脖子与肩膀相连处的鬃发最长，鬃长过膝、及蹄甚至拖地。

它们低头吃草的时候，长鬃倾泻，遮住半身，像个披头散发又无头无脸的妖怪。它们昂头奔跑起来，整个长脖的马鬃迎风飞扬，像一面草原精锐骑兵军团的厚重军旗，具有使敌人望旗胆战的威慑力。儿马子性格凶猛暴躁，是草原上无人敢驯、无人敢套、无人敢骑的烈马。儿马子在草原的功能有二：交配繁殖和保护马群家族。对于自己的后代，它具有极强的家族责任心，敢于承担风险，因而也更凶狠顽强。如果说氓牛是配完种就走的二流子，那么，儿马子就是蒙古草原上真正的伟丈夫。

没过多久，激烈的马战突然开始。马群里所有的儿马子，都凶神恶煞般加入了厮杀。一年一度蒙古马群中驱赶女儿、争抢配偶的大战，就在观战台下爆发了。

三个人坐在狼圈旁的草地上静静观看，小狼也蹲坐在狼圈边，一动不动地注视着马群大战，狼鬃瑟瑟颤抖，如同雪地里的饥狼。小狼对凶猛强悍的大儿马子，有一种本能的恐惧，但它看得全神贯注。

五百多匹马的大马群中，有十几个马家族，每个儿马子统率一个家族。最大的家族有七八十匹马，最小的家族只有不到十匹马。家族成员由儿马子的妻妾、儿女构成。在古老的蒙古马群中，马群在交配繁殖方面进化得比某些人还要文明。为了在残酷的草原上，在狼群的包围攻击下能够继续生存，马群必须无情地铲除近亲交配，以提高自己种群的质量和战斗力。

每当夏季，三岁的小母马接近性成熟的时候，儿马子就会一改慈父的面孔，毫不留情地把自己的女儿赶出家族群，决不允许小母马跟在它们妈妈的身旁。发疯发狂的长鬃生父，像赶狼咬狼一样地追咬亲生女儿。小母马们被追咬得哭喊嘶鸣，马群乱作一团。刚刚有机会逃到妈妈身边的小母马，还未来得及喘口气，凶暴的儿马子爸爸又快速追到，对小母马又踢又刨又咬，绝不允许有丝毫顶抗。

小母马被踢得东倒西歪，只好逃到家族群之外，发出凄惨的长嘶苦苦哀求，请父亲开恩。但是儿马子怒瞪马眼，猛喷鼻孔，狠刨劲蹄，无情威胁，不许女儿重返家族。小母马的妈妈们刚想护卫自己的女儿，立即会遭到丈夫的拳打脚踢。最后大母马们只好无可奈何地保持中立，它们也似乎理解丈夫的行为。

各个家族驱赶女儿的大战刚刚告一段落，马群中更加残酷的争夺新配偶的恶战接踵而来，这是蒙古草原上真正雄性野性的火山爆发。马群中那些被赶出族门、无家可归的小母马们，立即成为没有血缘关系的其他儿马子的争夺对象。

所有的儿马子都用两只后蹄高高地站立起来，捉对厮杀搏击，整个马群顷刻间就高出了一倍。它们用沉重

巨大的马蹄当武器，只见马蹄在半空中，像抡锤、像击拳、像劈斧。马蹄铿锵，马牙碰响，弱马被打得落荒而逃，强马们杀得难分难解。前蹄不灵就用牙，大牙不行就转身用后蹄，那可是能够敲碎狼头的超级重武器。有的马被尥得头破了、胸肿了、腿瘸了，但儿马子们毫无收场之意。

当小母马趁乱逃回家族的时候，又会遭到狂怒的父亲和贪婪的抢亲者的共同追咬。儿马子的对手又突然成了战友，共同把小母马赶到它必须去的地方。

一匹最漂亮健壮的小白母马，成了两匹最凶猛的儿马子争抢的目标。小母马全身雪白的新毛柔顺光亮，一对马鹿似的大眼睛妩媚动人。它高挑苗条，跑起来像白鹿一样轻盈快捷。

杨克连声赞道：“真是太漂亮了，我要是匹儿马子也得玩儿命去抢。抢婚比求婚更刺激。妈的，草原上连马群的婚姻制度都是狼给定的，狼是马群最大的天敌与克星。如果没有狼，儿马子犯不上这么凶猛无情，小母马也不得不接受野蛮的抢婚制。”

两匹儿马子激战犹酣，打得像罗马斗兽场里的两头雄狮，怒气冲天，非得你死我活不可。张继原下意识地跺着脚，搓着手说：“为了这匹小母马，这两匹大儿马子已经打了好几天了。这匹小白母马人见人爱，我管它叫白雪公主。这个公主真是可怜，今天在这个儿马子的马群待一天，明天就又被那匹儿马子抢走了，然后两匹马再接着争夺，后天小公主可能又被抢回去。等这两匹儿马子打得精疲力竭，还会突然杀出一匹更凶猛狡猾的第三号竞争者，小公主又得改换门庭了。小公主哪里是公主啊，完全是个女奴，任儿马子争来抢去，整天东奔西跑，连这么好的草也吃不上几口，你们看它都饿瘦了。前几天，它还要漂亮呢。每年春天这么打来打去，不少小母马也学乖了，自己的家反正也回不去，它就找最厉害的儿马子的马群，去投奔靠得住的靠山，省得让人家抢个没完，少受点皮肉之苦。小母马们很聪明，都见过狼吃马驹和小马的血腥场面，都知道在草原上如果没有家，没有一个厉害的爸爸或丈夫的保护，弄不好就可能被狼吃掉。蒙古马的野性，儿马子的勇猛战斗精神，说到底都是让狼给逼出来的。”

张继原继续说：“儿马子是草原一霸，除了怕狼群攻击它的妻儿之外，基本上是天不怕地不怕的，不怕狼更不怕人。以前我们常说什么做牛做马，其实跟儿马子根本都不相干。蒙古马群真跟野马群差不多，马群中除了多一些阉马，其他几乎没太大区别。我泡在马群里的日子也不短了，可我还是想象不出来，那原始人一开始是怎么驯服野马的？怎么能发现把马给骟[1]了就有可能骑上马？骟马这项技术也不是好掌握的，骟马必须在小马新二岁的早春时候骟，骟早了小马受不了，骟晚了又骟不干净。到了新三岁，就该驯生个子了，如果把骟马和驯马放在同一个时候，非把小马弄死不可。这项技术难度太高了，你们说，原始草原人是怎么摸索出并掌握这项技术的呢？”

陈阵和杨克互相看了一眼，茫然摇头。张继原便有些得意地说下去：“我琢磨了好长时间，我猜测，可能是原始草原人先想法子抓着被狼咬伤的小野马驹，为它养好伤，再慢慢把它养大。可是养大以后也不可能骑啊，就算在小马的时候还勉强能骑，可小马一长成儿马子谁还敢骑呢。然后想办法再抓一匹让狼咬伤的小野马驹，再试。不知道要经过多少代，没准原始人碰巧抓住了一匹被狼咬掉睾丸、侥幸活下来的新二岁小马，后来长大了就能驯骑了……这才受到启发。反正原始草原人驯服

①骟：割掉牲畜的睾丸或卵巢。

野马的这个过程，太复杂太漫长了，不知摔伤摔死了多少草原人，才终于驯服了野马。这真是人类历史发展的伟大一步，要比中国人的四大发明早得多，也重要得多。没有马，古代人类的生活真不堪想象，比现在没有汽车火车坦克还惨，所以，游牧民族对人类的贡献真是不可估量。”

陈阵激动地打断他说：“我同意你的观点，生命是战斗出来的。草原人驯服野马，可比远古农民驯化野生稻难多了。至少野生稻不会跑，不会尥蹶子，不会把人踢破头，不会把人踢死拖死。驯化野生植物基本上是和平劳动，可是驯服野马野牛，是流血又流汗的战斗和劳动，没有勇气、智慧和顽强的性格是成功不了的。农耕民族至今还在享用游牧民族的这一伟大战果呢。”

杨克叹道:“其实现在世界上最强悍的民族，大多是当年游牧民族的后代。他们一直到现在还保留着喝牛奶、吃奶酪、吃牛排，养狗、赛马、铺草坪、竞技体育，还有热爱自由、民主选举、尊重妇女等等的原始游牧民族的遗风和习惯。西方的先进技术并不难学到手，中国的卫星不是也上天了吗？但最难学的是西方民族血液里的战斗进取、勇敢冒险的精神和性格。鲁迅早就发现华夏民族在国民性格上存在大问题……”

在草甸上，原始马战仍打得不可开交。打着打着，那美丽的“白雪公主”终于被一匹得胜的马圈进它的马群。失败者不服气，狂冲过来，朝小母马就是几蹄。小公主被踢翻在地，不知道该向谁求救，卧在草地上哀哀地长嘶起来。小公主的妈妈焦急地想上前援救，但被恶魔似的丈夫几蹄子就打回了马群。

杨克实在看不下去了，他推了推张继原说:“你们马倌怎么也不管管?”

张继原说:“怎么管？你一去，马战就停；你一走大战又起。这是马群的生存战，千年万年就这样。整个夏季，儿马子不把所有的女儿赶出家门、不把所有的小母马争抢瓜分完毕，这场马战就不会停止。每年一直要到夏末秋初才能休战。到那时候，最凶猛的儿马子能抢到最多的小母马，而最弱最胆小的儿马子，只能捞到人家不要的小母马。最惨的儿马子甚至连一个小妾也捞不着。夏季这场残酷的马战中，会涌现出最勇猛的儿马子，它配出的后代也最厉害，速度快，脑子灵，性格强悍。战斗竞争出好马，通过一年一度的马战，儿马子的胆量越来越强，战技也越来越精，它的家族也就越来越兴旺。这也是儿马子锻炼斗狼杀狼、看家护群本领的演习场。没有一年一度的马战演习，蒙古马群根本无法在草原生存。”

陈阵说：“看来能打善战、震惊世界的蒙古马，真是让草原狼给逼出来的。”

张继原说：“那当然。草原狼不光培养了蒙古武士，也培育了蒙古战马。中国古代汉人政权也有庞大的骑兵，可是汉人的马，大多是在马场马圈里喂养出来的。马放在圈里养，有人喂水添料，晚上再加夜草。内地马哪见过狼啊，也从来没有马战。马配种不用打得你死我活，全由人来包办。这种马的后代哪还有个性和战斗力？”

张继原又说：“战斗性格还真比和平劳动性格更重要。世界上劳动量最大的工程——长城，仍是抗不过世界上最小民族的骑兵。光会劳动不会战斗是什么？就是那些阉马，任劳任怨任人骑，一遇到狼，掉头就逃，哪敢像儿马子那样猛咬狠踢。”

杨克赞同地说:“唉，长城万里是死劳动，可人家草原骑兵是活的战斗。”

陈阵说:“我觉得咱们过去受的教育，把劳动捧得太极端。劳动创造了人，劳动创造了一切。勤劳的中国人民最爱听这个道理。实际上，光靠劳动创造不了人。如果猿猴光会劳动不会战斗，它们早就被猛兽吃光了，哪还轮得上劳动创造以后的‘一切’。猿人发明的石斧，你说这是劳动工具还是武器，或者二者兼而有之?”

杨克说:“石斧当然首先是武器，不过用石斧也可以砸核桃吃。”

陈阵思索着说:“劳动之中还有无效劳动、破坏性劳动和毁灭性劳动。只有把战斗和劳动完美结合的民族，才能生存、发展，才有广阔的前途……”

杨克和张继原都连连点头。

儿马子终于暂时休战，都去往肚子里填草了。小母马们趁机又逃回妈妈身边，大母马心疼地用厚厚的嘴唇给女儿撸毛揉伤。但小母马只要一看到父亲瞪眼喷鼻向它怒吼，就吓得乖乖跑回自己的新家，远远地与妈妈相望，四目凄凉。

杨克由衷地说:“看来，以后我还真得多到马群中去上上课。”

19

狼的词典里没有“品尝”二字

高建中赶了一辆牛车兴冲冲地回来。他大喊:“咱们赚了！我抢了大半桶野鸭蛋！”

三人跑过去，从车上拎下沉甸甸的大水桶，里面大约有七八十个长圆形野鸭蛋，其中有一些破了，裂了口子，金黄色的汁液从蛋壳的缝隙里渗出来。

杨克说:“你可是一下子就消灭了一大群野鸭啊。”

高建中说:“同学们都在那儿抢呢。西南的泡子边，小河边的草里沙窝里，走不了十几步，就能找到一窝野鸭蛋，一窝就有十几个。先去的人都抢了好几桶了。跟谁抢？跟马群抢呗。马群去饮水，一踩一大片，河边泡子边尽是蛋黄和碎蛋壳，看着真心疼啊。”

陈阵问:“还有没有？咱们再去抢点回来，吃不了就腌咸鸭蛋。”

高建中说:“这边没了，四群马一过还能剩下多少，泡子东边可能还有。”

杨克冲着张继原吼道:“马群真够浑的，你们马倌也不长点眼睛。”

张继原说:“谁知道河边草里有野鸭蛋啊!”

高建中看到了家门口下面不远的马群，立即对张继原说:“哪有把马群放在自己家门口的，把草吃光了，我的牛吃什么？你快把马群赶走，再回来吃摊鸭蛋。”

陈阵说:“他骑的可是生个子，上马下马不容易，还是让他吃了再走吧。他刚才给我们俩上了一课，也得犒赏犒赏他。”又对张继原说:“别走别走，这么多的破蛋我们仨吃不了。”

高建中吩咐说:“你们都过来，把破蛋好蛋分开挑出来。我两年没吃到摊鸡蛋了，这次咱们吃个够。正好包里还有不少山葱，野葱摊野蛋，是真正的野味，一定特香。杨克你去剥葱，陈阵你去打蛋，继原去撮一大簸箕干牛粪来，我掌勺。”

挑拣的结果，一半好蛋，一半破蛋。每人可以先吃上八九个破蛋，四人乐得像过节。不一会儿，羊油、山葱和野鸭蛋浓烈的混合油香溢出蒙古包，在草原上随风飘散。狗们全都流着口水，摇着尾巴挤在门口，小狼把铁链挣得哗哗响，也馋得蹦高，凶相毕露。陈阵准备留出一份喂狼，想看看小狼吃不吃羊油摊野鸭蛋。

四人在蒙古包里狼吞虎咽地吃了一碗又一碗。正吃在兴头上，忽然听到嘎斯迈在包外大声高叫："好啊，吃这么香的东西，也不叫我。"嘎斯迈带着巴雅尔，扒拉开狗进了包。陈阵和杨克立刻让坐，请两人坐在北面地毡主座的位置上。陈阵一边给两人盛鸭蛋，一边说："我以为牧民不吃这种东西呢。来，你们先尝尝。"

嘎斯迈说："我在家里就闻到香味了，太香了，隔着一里地都能闻见，馋得我像狗一样流口水了，连我家的狗都跟来了。我怎么不敢吃？我吃我吃！"说完就拿筷子夹了一大块，放到嘴里，嚼了几口，连说好吃好吃。

巴雅尔更是吃得像小狼一样贪婪，吃着碗里望着锅里，担心锅底朝天。草原牧民早上一顿奶食、肉和茶，晚上一顿主餐，不吃中饭。这时母子俩确实都饿了。嘎斯迈说:“这东西太好吃了，我的‘馆子’吃啦，不用进城了，今天一定得让我吃个饱。”

额仑草原的牧民把汉家菜叫做“馆子”，都喜欢吃“馆子”。近年来，牧民的饮食中也开始出现汉菜的作料。牧民喜欢花椒、酱油和大葱，有的牧民也喜欢辣椒，但所有的牧民都不喜欢醋、蒜、生姜和八角大料，说大料“臭臭的”。

陈阵赶紧说:“往后我们做‘馆子’一定请你们来吃。”

高建中经常吃嘎斯迈送来的黄油、奶豆腐、奶皮子，也经常去她家喝奶茶吃手把肉。他最喜欢吃嘎斯迈做的蒙古奶食肉食，这次终于得到回报的机会了。他笑着说:“我这儿有一大桶呢，破的不够就吃好的，保你们吃够。”他连忙把破蛋放在一边，一连敲了五六个好蛋，专门为嘎斯迈母子摊一锅。

嘎斯迈说:“可阿爸不吃这东西，他说这是腾格里的东西不能动，我只好到你们这儿来吃啦。”

陈阵说:“去年我见到阿爸向场部干部家属要了十几个鸡蛋，那是怎么回事?”

嘎斯迈说："那是因为马得了病上了火。他捏住马鼻子，让马抬起头，再在马牙上把这东西打破，灌下去。灌几次马病就好啦。"

杨克小声跟张继原嘀咕："这事坏了，咱们来了，牧民也开始跟着咱们吃他们原来不吃的东西了。再过几年，这儿不要说天鹅，连野鸭子也见不着了。"

巴雅尔越吃越来劲，他满嘴流油地对高建中说："我知道哪儿还有这东西，你再给我们做一碗，明天我带你去捡。土坡上废獭洞的口子里面准有，早上我找羊羔的时候，就在草场的小河旁边见到过。"

高建中高兴地说："太好了，小河边是有一个土包，还真有不少沙洞呢，马群肯定踩不着。"他一边摊着蛋，一边让陈阵再敲出一些蛋来。又是一大张油汪汪厚嫩嫩的摊鸭蛋出了锅。这回高建中把蛋饼用锅铲一切两半，盛到嘎斯迈母子的碗里，母子俩吃得满头冒汗。油锅里油烟一冒，一大盆打好的蛋汁，又哧啦啦地下了锅。

等摊蛋出了锅以后，陈阵接过锅铲说："我再让你们俩吃新花样。"他往锅里放了一点羊油，开始煎荷包蛋，不一会儿，锅里就出现了两个焦黄白嫩的荷包形的标准煎蛋。嘎斯迈母子俩站起身来看锅，看得眼睛都直了。陈阵给他俩一人盛了一个，并浇了一点化开的酱油膏。

嘎斯迈一边吃一边说:“这个新东西更好吃啦，你再给我们做两个。”

杨克笑嘻嘻地说:“待会儿我给你做一碗韭菜炒鸭蛋，你们吃饱以后，再让张继原给你们做一锅鸭蛋葱花汤。我们四个的手艺一个也不落下了。”

蒙古包里油烟和菜香弥漫，六个人吃得有点恶心了，才放下碗筷。这顿野鸭蛋宴，消灭了桶里的一多半鸭蛋。

嘎斯迈急着要走，刚搬家，里里外外的活儿多。她打着饱嗝回头笑了笑说:“你们可别跟阿爸说啊。过几天，你们几个都上我那儿去吃奶皮子拌炒米。”

高建中对巴雅尔说:“明天一定带我去找野鸭蛋啊。”

陈阵追上嘎斯迈家的大狗巴勒，悄悄地给它的嘴里塞了一大块摊蛋。巴勒马上把蛋吐在草地上看了看，又闻了闻、舔了舔，确信这是主人刚才吃的好东西时，才眉开眼笑地吃到嘴里，咂着滋味慢慢咽下，还不忘向陈阵摇尾答谢。

人都散了，陈阵心里惦着自己的小狼，赶紧跑到蒙古包一侧去。

一眼看去，小狼竟然没了。陈阵冒出一头冷汗，慌忙跑近一看，却见小狼原来是放扁了身子，下巴贴地，趴着躲在高高的草丛里。一定是刚才的两个陌生人和一大群陌生狗，把它吓成这样。看来小狼天生具有隐蔽的才能，陈阵这才松了一口气。小狼探头看了看，陌生人和狗都不在了，才跳起来，上下左右闻着陈阵身上浓重的煎蛋油烟香气，还不断地舔陈阵的油手。

陈阵转身进包，向高建中要了六七个破鸭蛋，又加大羊油量，为小狼和狗们做最后一锅摊鸭蛋。虽然不可能让它们吃饱，但他决定必须要让它们尝一尝，草原狗对零食点心的喜爱，有时超过主餐，给狗喂零食也是人亲近狗的好法子。

陈阵摊好了蛋，把它分成四大块三小块，四块大的给三条大狗和小狼，三块小的给三条小狗。狗们还挤在门口不肯走，陈阵先把小狼的那块藏好。然后，蹲在门口用炉铲像敲木鱼那样，轻轻敲了敲每条狗的脑门，让它们不准抢，必须排队领食。再用手拿了最大的一块蛋递给二郎，二郎把蛋块叼住，尾巴不住地左右摇晃。

陈阵等狗们满意地到草地上玩去了，又等到摊蛋完全放凉了，才把小狼的那份蛋放到食盆里，向小狼走去。杨克、张继原和高建中都跟着走过来，想看看小狼吃不吃摊鸭蛋，这可是草原狼从来没见过吃过的东西。

陈阵高喊："小狼，小狼，开饭喽。"食盆一放进狼圈，小狼像饿狼扑羔一样，把羊油味十足的摊鸭蛋一口咬到嘴里，囫囵吞下，连一秒钟都没有。

四人大失所望。

张继原说："狼也真是可怜，把东西吞到肚子里就算幸福了。狼的词典里没有'品尝'这个字眼。"

高建中心疼地说："真是白白糟蹋了那么好的鸭蛋。"

陈阵只好解嘲地说："没准狼的味蕾都长在胃里了。"

三人大笑。

陈阵留在蒙古包里收拾刚搬来的乱家，其他三人准备去马群、牛群和羊群那边。陈阵对张继原说："嗳，要不要让我揪住马耳朵帮你上马？"

张继原说："那倒不用，生个子很聪明，它一看我要回马群，准不给我捣乱。"

陈阵又问："你骑这匹小马，怎么换马？它能追上你的大马吗？"

张继原说："马倌都有一两匹老实马，你喊它一声，或者用套马杆敲敲它的屁股，它就停，不用追，也不用套。马倌要是没这种马，万一一个人在马群里被烈马摔下来，没马骑了，马群又跑了，那就惨啦。要在冬天，非冻死在深山里不可。"

张继原拿了一些换洗的衣服，又换了一本书，出了包。

张继原果然轻松上马，又在马群里顺利换马，然后赶着马群，向西南的大山方向跑去。

狼也真是可怜，把东西吞到肚子里就算幸福了。狼的词典里没有“品尝”这个字眼。

20
狼粪和狼烟

又轮到陈阵放羊了，他将羊群拢了拢朝湖边慢慢赶。羊群已经走起来，他便先骑马跑到湖边。湖西北边的一溜芦苇已经被砍伐干净，又出现了一大片用沙土填出的人造沙滩，以便畜群进湖饮水。一群已经饮饱了的马，还站在水里闭目养神，不肯上岸。野鸭和各种水鸟仍在湖面上戏水，几只美丽的小水鸟甚至游到马腿边，从马肚子下面大摇大摆地钻了过去。马们友好地望着水鸟，连尾巴也不扫一下。只有天鹅不愿与马为伍，它们远离被马蹚浑的湖水，在湖心、湖对岸的芦苇丛和苇巷里慢慢游弋。

羊群饮饱了水，翻过了西北的一道山梁，走出了盆地草场。羊群散成半月形的队伍，向对面山坡慢慢移动。

阳光下，上千只羊羔白亮得像大片盛开的白菊花，在绿草坡上分外夺目。羊羔的卷毛已经开始蓬松，羊羔又吃奶又吃嫩草，它们的肥尾长得最快，有的快赶上母羊被喂奶耗瘦的尾巴了。

满坡的野生黄花刚刚开放，陈阵坐在草地上，眼前一片金黄。成千上万棵半米多高的黄花花株，头顶一朵硕大的喇叭形黄花，枝杈上斜插着沉甸甸的笔形花蕾，含苞欲放。陈阵坐在野生的黄花菜花丛里，如同坐在江南的油菜花田里。

陈阵站起来骑上马，跑到羊群前面花丛更密的地方，趟花采蕾。这些日子，鲜嫩可口的黄花菜已经成为北京学生的时令蔬菜：鲜黄花炒羊肉，黄花羊肉包子饺子，凉拌山葱黄花，黄花肉丝汤等等。一冬缺菜的知青，个个都像牛羊一样狂吃起草原的野菜野花来。早上出门前，高建中已经为陈阵准备了两只空书包。这几天高建中不让陈阵在放羊的时候看书了，要他和杨克抓紧

花季尽量采摘，回家以后用开水焯过，再晒制成金针菜，留到冬季再吃。这几天，他们已经晒制出半面口袋了。

羊群在身后远处的花丛中低头吃草，陈阵大把大把地采摘花蕾，不一会儿就采满了一书包。采着采着，他发现脚下有几段狼粪，立即蹲下身，捡起一段仔细端详。狼粪呈灰白色，香蕉一般粗长，虽然已经干透，但

还能看得出是狼在前几天新留下的。陈阵盘腿坐下，细细地琢磨起来，也想多积累一些有关狼粪的知识。

陈阵认识狼粪，但还没有机会细细研究。他掰开一段狼粪，发现狼粪里面几乎全是黄羊毛和绵羊毛，竟没有一点点羊骨渣，只有几颗草原鼠的细牙齿，还有粘合羊毛的石灰粉似的骨钙。陈阵又捏松了狼粪仔细辨认，还是找不到其他任何的硬东西。狼竟然把吞下肚的羊肉鼠肉、羊皮鼠皮、羊骨鼠骨、羊筋鼠筋全部消化了，消化得几乎没有一点残余，只剩下不能消化的羊毛纤维和鼠齿。再仔细看，即便是羊毛也只是粗毛纤维，而细羊毛和羊绒也被消化掉了。

陈阵越看越吃惊，草原狼确实是草原的清洁工，它们把草原上的牛羊马、旱獭黄羊、野兔野鼠甚至人的尸体统统处理干净。经过狼嘴、狼胃和狼肠吸光了所有的养分，最后只剩下一点毛发牙齿，吝啬得甚至不给细菌留下一点点可食的东西。万年草原，如此纯净，草原狼功莫大焉。

微风轻拂，黄花摇曳。陈阵用手指捻着狼粪，粪中的羊毛经过狼胃酸的强腐蚀、狼小肠的强榨取，已经变得像刚出土的木乃伊。羊毛纤维早已失去任何韧性，稍稍一捻，松酥的纤维就立刻化为齑粉，化得比火葬的骨灰还要轻细，像尘埃一样，从指缝漏下，随风飘到草地上，零落成泥，化为草地的一部分，连最后一点残余也没有浪费。狼粪竟把草原生灵那最后的一点残余，又归还给了草原。

牛角梳形的羊群缓缓梳过花丛，漫上山坡。陈阵舍不得扔掉剩下的几段狼粪，就把狼粪装进另一个空书包里，跨上马向羊群前行的方向跑去。

不远处的山头上有几块浅黑色巨石，远远望去，很像古长城上的烽火台。在更远的山头上也有几块巨石，陈阵眯着眼看过去，这片山地草原仿佛残存着一段古长城的遗迹，使他忽然想起了“烽火戏诸侯”和“狼烟四起”那些成语典故。陈阵曾查过辞典,“狼烟”——被解释成“用狼粪烧出来的烟”。

可他刚刚捻碎过一段狼粪，很难想象这种主要由动物毛发构成的狼粪，怎能烧出报警的冲天浓烟来呢？难道狼粪中含有特殊成分？他的心突突地跳起来，眼前这现成的烽火台，现成的狼粪，何不亲手烧一烧，何不戏戏诸侯？亲眼见识见识，两千年来让华夏人民望烟丧胆的“狼烟”呢？看看狼烟到底有多么狰狞可怕。陈阵的好奇心越来越大，他决定再多收集一些狼粪，今天就在“烽火台”上制造出一股狼烟来。

羊群缓缓而动，陈阵在羊群前面来回绕行，仔细寻找，找了一个多小时，才找到四撮狼粪，加起来只有小半书包。

陈阵的疑心越来越大。即便烧狼粪可以冒出浓烟，但狼不是羊，狼是疾行猛兽，狼粪不可能像羊粪那样集中。狼群神出鬼没，狼粪极分散，要搜集足够燃烟的狼粪，决非易事。即使在这片狼群不久前围猎打黄羊大规模活动过的地方，都很难找到狼粪，更何况是在牛羊很少的长城附近了。

再说，万里长城，无数个烽火台，那得搜集多少狼粪？狼是消化力强、排粪少的肉食猛兽，得需要多么庞大的狼群，才能排出够长城烧狼烟的狼粪？陈阵又跑了几个来回，再也找不到一堆狼粪了。他把羊群往一面大坡圈了圈，便直奔山头巨石。

陈阵跑到石下，抬头望去，巨石有两人多高，旁边有几块矮石，可以当石梯。他在山沟里找了一大抱枯枝，用马笼头拴紧，拖到石下。再斜挎书包，踏着石梯，攀上巨石，并把枯柴拽上石顶。石顶平展，有两张办公桌大，上面布满白色鹰粪。

时近正午，羊群已卧在草地上休息。陈阵站在“烽火台”上，用望远镜仔细观察周围形势，没有发现一条狼。他的羊群与其他的羊群相距五六里远，最近的一群羊也在三里之外，不怕羊群混群。

陈阵放心地架好柴堆，把所有的狼粪放到柴堆上。此时是初夏，不是防火季节，草原上到处都是多汁的青草，又在高高的巨石上，在此点火冒烟不会受人指责，远处的人只会认为是某个羊倌在烤东西吃。

陈阵定了定心，从上衣口袋里掏出袖珍语录本大小的羊皮袋，里面有两片火柴磷片和十几根红头火柴。这是额仑草原不抽烟的牧人身上必备的东西，防身、烤火、烧食、报信都用得上。

陈阵划着了火，干透了的枯枝很快就烧得噼啪作响。他的心怦怦直跳，如果狼粪冒出浓烟，那可是有史以来汉族人在蒙古草原腹地点燃的第一股狼烟。可能全队所有人都能看到这股烟，大部分的知青看到这座“烽火台”上的浓烟，一定会联想到狼烟，毕竟狼烟在汉人的记忆中太让人毛骨悚然了。

“狼烟”在中国历史文化中是一个特级警语，意味着警报、恐怖、爆发战争和外族入侵。“狼来了”能吓住汉人的大人和小孩，而“狼烟”能吓住整个汉民族。华夏中原多少个汉族王朝，就是亡在狼烟之中的。

陈阵有些害怕，如果他真把狼烟点起来，不知全队的知青会对他怎样上纲上线，口诛笔伐呢。养了一条小狼还不够，竟然还点出一股狼烟来，此人定是狼心叵测。这里又是战备紧张的边境，他竟敢烽火戏诸侯，这不是冒烟报信通敌吗？陈阵额上冒出了冷汗，抬起一只脚，随时准备用马靴踩灭火堆，扑灭狼烟。

可是一直到柴火烧旺了，狼粪还没有太大的动静。

灰白的狼粪变成了黑色，既没有冒出多少烟，也没有蹿出火苗。火堆越烧越旺，狼粪终于烧着了，一股狼骚气和羊毛的焦糊味直冲鼻子。但是狼粪堆还是没有冒出浓黑的烟，烧狼粪就像是烧羊毛毡，冒出的烟是浅棕色的，比干柴堆冒出的烟还要淡。

干柴烧成了不大不小的火，狼粪也终于全部烧了起来，最后与干柴一起烧成了明火，连烟都几乎看不见了。哪有冲天的黑烟？就是连冲

天的白烟也没有。哪有令人胆寒的报警狼烟？哪有妖魔龙卷风状的烟柱？完全是一堆干柴加上一些羊毛毡片烧出的最平常的轻烟。

陈阵早已放下脚，他擦了擦额上虚惊的冷汗，轻轻地舒了一口气。这堆烟火实在不值得大惊小怪，与羊倌们在冬天雪地里烧火取暖的柴火没什么区别。他一直看着这堆柴粪烧光烧尽，期盼中的狼烟仍未出现。他站在高高的巨石上，周围是一派和平景象：牛车悠悠地走着，马群依然在湖里闭目养神，女人们低头剪着羊毛，民工们挖着石头……

这堆烟火没引起人们的任何反应，最近的一位羊倌，只是探身朝他这里看了看。远处蒙古包的烟筒冒出的白烟，倒是直直地升上天空。这堆用真材实料烧出的狼烟，还不如蒙古包的和平炊烟更引人注目。

陈阵大失所望，他想所谓的狼烟，真是徒有虚名，看来“狼烟”一定是望文生义的误传了。刚才的试验多少印证了他的猜测：古代烽火台上所谓的狼烟，绝不可能是用狼粪烧出来的烟。那种冲天的浓烟，完全可以用干柴加湿柴再加油脂烧出来，就是烧半湿的牛粪羊粪也能烧出浓烟来，而湿柴油脂、半湿的牛羊粪要远比狼粪容易得到。他现在可以断定，狼烟是用狼粪烧出来的流行说法，纯属胡说八道欺人之谈，是胆小的华夏居民吓唬自己的鬼话。

柴灰和狼粪灰被微风吹下了“烽火台”。陈阵没有被自己烧出的狼烟吓着，而对中国权威辞典中关于狼烟的解释十分生气。华夏农耕文明对北方草原文明的认识太肤浅，对草原狼的认识也太无知。狼烟是不是用狼粪烧出来的这么简单的一件事，只要弄点狼粪烧一烧不就知道了吗？可是为什么，从古至今的亿万汉人，竟没有人去试一试？

陈阵转念一想，又觉得这个简单的事情，实际上并不简单。几千年中原农耕文明的扩张，把华夏狼斩尽杀绝，汉人上哪儿去找狼粪？拾粪的老头拾的，都是牛羊猪马狗粪或者是人粪，就是偶然碰到一段狼粪也不会认得。

陈阵坐在高高的“烽火台”上，凝神细想，思路继续往纵深延伸。既然狼烟肯定不是狼粪烧出来的，那么古代烽火台上，燃起的冲天浓烟为什么叫做狼烟呢？狼烟这两个字，确实具有比狼群更可怕的威吓力和警报作用，而狼烟肯定与狼有关。狼烟难道就是警报“狼来了”的浓烟？长城绝对挡得住草原狼群，而“狼来了”这三个字中的“狼”，实际上不是草原狼群，而是打着狼头军旗的突厥骑兵；是崇拜狼图腾、具有狼的战略战术的匈奴、鲜卑、突厥、蒙古等等的草原狼性骑兵。

草原人从古至今一直崇拜狼图腾；一直喜欢以狼自比，把自己比作狼，把汉人比作羊；一直拿以一当百的豪气藐视农耕民族的羊性格。而古代华夏农耕民族也一直将草原骑兵视为最可怕的“狼”。“狼烟”的最初本义应该是“在烽火台点燃的、报告那些崇拜狼图腾的草原民族骑兵进犯边境的烟火信号”。“狼烟”与狼粪压根儿就没有直接的关系。

他忽然想到，也许世界上只有汉语中有“狼烟”这一词语。如今狼烟虽已渐渐消散，但是草原文明与农耕文明的深刻矛盾并没有解决。农耕民族垦荒烧荒的浓烟，正在朝着草原燃烧蔓延过去。这是一种比狼烟更可怕的战争硝烟，是比自毁长城更愚蠢的自杀战争。陈阵想起乌力吉的话，如果长城北边的草原变成了沙地，与蒙古大漠接上了头，连成了片，那北京怎么办？

陈阵望着脚下已经化为灰烬的狼粪，颓然而沮丧。

狼烟是用狼粪烧出来的流行说法，纯属胡说八道欺人之谈，是胆小的华夏居民自己吓唬自己的鬼话。

21
毒日下的小狼

很多天过去了，轮到了陈阵给羊群下夜。有二郎守着羊群，他可以一边下夜一边在包里的油灯下看书做笔记。三条大狗一夜未叫，他也没有出过一次包喊夜，看书一直看到凌晨才睡下。第二天上午睡醒了觉，陈阵出门后的第一件事，就是给小狼喂食。

小狼从天一亮就像蹲守伏击猎物一样，盯着蒙古包的木门，瞪着它的食盆。在小狼的眼里，这个盆就是活动的“猎物”。它像大狼那样耐心地等待战机，等“猎物”走到它跟前，然后突然地袭击“猎物”。陈阵经常忍不住乐出声来。

内蒙古高原在夏天雨季到来之前，常常有一段干旱酷热的天气，这年的热度似乎比往年更高。陈阵觉得内蒙古的太阳不仅出得早，而且还比关内的太阳离地面低，才是上午十点多钟，气温已经升到关内盛夏正午时的温度了。强烈的阳光，把蒙古包附近的青草晒卷，每根草叶被晒成了空心的绿针。

蚊子还未出来，但草原上由肉蛆变出来的大头苍蝇，却像野蜂群似的拥来，围着人畜全面进攻。苍蝇专攻人畜的脑袋，叮吸眼睛、鼻孔、嘴角和伤口的分泌物，还有那些挂在包内带血的羊肉条。人、狗、狼都得一刻不停地晃头挥手挥爪，不胜其烦。机警的黄黄，经常能用闪电般的动作，将眼前飞舞的大苍蝇，一口咬进嘴里，嚼碎以后再吐出来。不一会儿，它身旁的地面上，就落了不少像西瓜子壳般的死蝇。

阳光越来越毒，地面热雾蒸腾，整个草场盆地，热得像一口烘炒绿茶的巨大铁锅，满地青草都快炒成干绿新茶了。狗们都趴在蒙古包北面的阴影里，张大了嘴，伸长舌头大口喘气，肚皮急速起伏。陈阵发现二郎不在阴影里，他叫了两声，二郎也没露面，它又不知上哪儿溜达，也可能到河里凉快去了。二郎在它下夜上班的时候尽责尽心，全队的人已经不叫它野狗了，但一到天亮，它“下班”以后，人就管不着它了，它想上哪儿去就上哪儿去。

此时此刻，小狼的处境最惨。毒日之下，小狼被一根滚烫的铁链拴着，无遮无掩，活活地暴晒着。狼圈中的青草，早已被小狼踩死踩枯，狼圈已变成了圆形的黄沙地，像一个火上的平底锅，里面全是热烫的黄沙。而小狼则像一个大个儿的糖炒毛栗子，几乎被烤焦烤煳了，眼看就像要开裂炸壳。可怜的小狼不仅是个囚徒，而且还是个遭上晒下烤、天天受毒刑的重犯。

小狼一见门开，呼地用两条后腿站起来，铁链和项圈勒出了它的舌头，两条前腿拼命在空中敲鼓。小狼此时最想要的好像不是阴凉，也不是水，仍然是食物。几天来，陈阵发现小狼从来没有热得吃不下饭的时候，天气越热，狼的胃口似乎更大。小狼拼命敲鼓招手，要陈阵把它的食盆放进它的圈里。

陈阵犯愁了。草原进入夏季，按牧民的传统习惯，夏季以奶食为主，肉食大大减少，每日一茶一餐，手把肉不见了。主食变成了各种面食，小米、炒米和各种奶制品：鲜奶豆腐、酸奶豆腐、黄油、奶皮子等等。牧民喜食夏季新鲜奶食，可知青还没有学会做奶食。一方面是不习惯以奶食代替肉食，更主要的是知青受不了做奶食的那份苦。谁也不愿意在凌晨三点就爬起来，挤四五个小时的牛奶，然后几乎一整天不间断地捣酸奶桶里的发酵酸奶，捣上几千下才算完；更不愿意到下午五六点钟母牛回家以后，再挤上三四个小时的奶，以及后面一系列煮、压、切、晒等麻烦的手工劳动。

知青宁肯吃小米捞饭，素面条素包子素饺子素馅饼，也不愿去做奶制品。夏季牧民做奶食，而知青就去采野菜，采山葱、野蒜、马莲韭、黄花、灰灰菜、蒲公英等等。夏季断肉，牧民和知青正好都改换口味，尝个新鲜。然而，这样一来，可苦了陈阵和小狼。

草原民族夏季很少杀羊，一则因为杀一只大羊，大部分的肉无法储存。天太热，苍蝇又多，放两天就发臭生蛆。牧民的办法是将鲜羊肉割成拇指粗的肉条，沾上面粉，防蝇下卵，再挂在绳上，放到包里的阴凉处，晾成干肉条。每天做饭的时候，切两根干肉条放在面条里，只是借点肉味而已。如果碰上连续阴天，肉条照样发绿发臭变质长蛆。

二则，因为夏天是羊上水膘的季节，羊上足水膘以后，到秋季还得抓油膘。两膘未上，夏羊只是肉架子，肉薄、油少、味差，牧民也不爱吃。而且夏季羊刚剪过羊毛，杀羊后羊皮不值钱，只能做春秋季穿的夹袍。毕利格老人说，夏天杀羊是糟践东西。牧民夏季少杀羊吃，就像农民春天不会把麦苗割下来充饥一样。

额仑草原虽然人口稀少，畜群庞大，但是政策仍不允许草原牧民敞开肚皮吃肉。对于当时油水稀缺、限量供肉的中国，每一只羊都是珍稀动物。

饱吃了一秋一冬一春肉食的知青，一下子见不到肉，马上就受不了了，不断要求破例照顾。但知青向组里申请杀羊，往往得不到批准。嘎斯迈一见陈阵上门，就笑呵呵地用香喷喷的奶皮子砂糖拌炒米，来堵他的嘴，还准备了一包新鲜奶食品送给他们吃，弄得陈阵每次都只好把要求杀羊的话憋了回去。偶尔有一个小组的知青申请到一只羊，立即就拿出一半羊肉，分给其他小组的同学，让大家都能隔上一段日子吃到鲜肉，但这样一来，各家的肉条存货就越发地少了。

人还好说，可小狼怎么办？

陈阵只好回到包里想办法。他坐下来吃早饭，望着锅里几块小小的羊肉干，犹豫了一下，还是把肉干搛出来，放到小狼的食盆里。小狼跟狗不一样，不吃没有肉味的小米粥和小米饭，没有肉骨头，小狼就会坐立不安，发狠地啃铁链子。

陈阵就着腌韭菜，吃了两碗肉干汤面，就把半锅剩面倒在小狼的食盆里。又用木棍搅了搅，把盆底的几块羊肉干搅到表面，好让小狼看到肉。陈阵端起盆闻了闻，还是觉得羊肉味不足，他打算往食盆里放一些用来点灯的羊油。

夏天天热，放在陶罐里凝固的羊油已经开始变软变味了，好在狼是喜食腐肉的动物，腐油对狼来说也算是好东西。包里从冬天存下来的两大罐羊油，是他和杨克每天晚上读书的灯油，够不够坚持到深秋还难说。

但小狼正在长身子骨的关键阶段，他只好忍痛割舍掉一些读书时间了。不过他仍然改不掉天天读书的习惯，看来以后只好厚着脸皮去向嘎斯迈要了。毕利格老人和嘎斯迈，如果听说他们读书的灯油不够了，一定会尽量供应给他的。夏季太忙太累，他给老人讲历史故事，并听老人讲故事的机会越来越少了。

陈阵从陶罐里挖了一大勺软羊油，添到热热的食盆里，搅成了油汪汪的一盆。他又闻了闻，羊油味十足，应该算是小狼的一顿好饭了。他又把大半铝锅的小米粥倒进狗食盆里，但没舍得放羊油。夏季少肉，草原上的狗，每年总要过上一段半饥半饱的日子。

推开门，狗们早已拥在门外。陈阵先喂狗，等狗们吃光舔净食盆，退到了包后的阴影里，才端着狼食盆向小狼走去。

陈阵一边走着，照例大喊：“小狼，小狼，开饭喽。”小狼早已急红了眼，亢奋雀跃得几乎把自己勒死。陈阵将食盆快速推进狼圈，跳后两步，一动不动地看小狼抢吃肉油面条。看上去，它对这顿饭似乎还满意。

给小狼喂食必须天天喊，顿顿喊。陈阵希望小狼能记住他的养育之恩，至少能把他当做一个真心爱它的异类朋友。他相信狼有魔力，在饥饿的草原森林，母狼会奶养人类的弃婴，狼群会照顾他保护他，并把他抚养成狼。如果没有一种超人类、超狼类的魔力情感，是不可能出现这种“神话”的。

陈阵自从养狼以后，经常被神话般的梦想和幻想所缠绕。

他在上小学的时候，曾读过一篇苏联小说，故事说一个猎人救了一条狼，把它养好伤以后放回森林。后来有一天早晨，猎人推开木屋的门，门口雪地上放着七只大野兔，雪地上还有许多行大狼的脚印……

这是陈阵看到的第一篇人与狼的友谊故事，与当时他看过的所有有关狼的书和电影都不同。那些书里写的大多都是狼外婆、狼吃小羊，大灰狼掏吃小孩的心肝一类的可怕残忍的事情，所以他一直对那个苏联小说十分着迷，多年不忘。他常常梦想成为那个猎人，踏着深雪到森林里去和狼朋友们一起玩，抱着大狼在雪地上打滚，大狼驮着他在雪原上奔跑……

如今他竟然也有一条属于自己的、可触可摸的真狼了。只要他把小狼喂饱，也可以抱着它在绿绿的草地上打滚，他已经和小狼滚过好几次了。他的梦想差不多算是实现了一半。

但那另一半，他似乎不敢梦想下去了——小狼长大以后，给他留下一窝狼狗崽，然后重返草原和狼群。陈阵曾在梦中见到自己骑着马，带着一群狼狗来到草原深处，向荒野群山呼喊："小狼，小狼，开饭喽。我来喽，我来喽。"于是，在迷茫的暮色中，一条苍色如钢，健壮如虎的狼王，带着一群狼，呼啸着久别重逢的亢奋嗥声，向他奔来……

可惜这里是草原牧区，不是森林，营盘上有猎人猎狗步枪和套马杆。即使小狼长大后能够重返自然，它也不可能叼七只大野兔，作为礼物送到他的蒙古包门口来……

陈阵既然冒险地实现了一半的梦想，他还要用兴趣和勇气，去圆那个更困难的另一半梦想。陈阵希望草原能更深地唤醒自己压抑已久的梦想与冒险精神。

小狼终于把食盆舔净了。小狼已经长到半米多长，吃饱了肚子，它的个头显得更大更威风，身长已比小狗们长出大半个头了。陈阵将食盆放回门旁，走进狼圈，现在到了他可以盘腿坐下来，和小狼耳鬓厮磨的时候了。他抱了一会儿小狼，然后把它朝天放在自己的腿上，再轻轻地给小狼按摩肚皮。在草原上，狗与狗、狗与狼在厮杀时，它们的肚皮绝对是敌方攻击的要害部位，一旦被撕开了肚皮，就必死无疑。所以狗和狼，是决不会仰面朝天地把肚皮亮给它所不信任的同类或异类的。

前几天道尔基告诉陈阵，他养的那条小狼，比陈阵的小狼个头小，打小野性就不太大。他一直把它放在小狗堆里一块儿养，没用链子拴着。那条小狼养了一个多月，就跟小狗大狗混熟了，不知道的人还当它是一条小狗呢。后来，小狼越长越胖，比小狗都长得快，真跟一条小狼狗一样，全家人都挺喜欢它。小狼最喜欢跟他的小儿子玩，这孩子才四岁，也最喜欢小狼。可是没想到，前几天，小狼跟孩子玩着玩着，狠狠地朝孩子的肚子上咬了一口，咬出了血，还撕下一块皮来。孩子吓傻了，疼得大哭。狼牙毒啊，比狗牙还毒，吓得他一棒子就把小狼打死了。又赶紧抱孩子上小彭那儿打了两针狂犬疫苗，这才没出大事。

当时道尔基一再对陈阵说，看来这狼确实养不得，野性太大，如要接着养，千万得防着点。但陈阵还是愿意把自己的手指让小狼抱着舔，抱着咬。他相信，小狼是不会真咬他的。它啃他的手指，就像咬它的亲兄弟姐妹一样，都是点到为止，不破皮不见血。既然小狼把自己的肚皮放心地亮给他，他为什么不可以把手指放进小狼的嘴里呢？他在小狼的眼睛里看到的完全是友谊和信任。

已近中午，高原的毒日把空心绿草针晒没了锋芒，青草大多打蔫倒伏。小狼又开始受刑了，它张大嘴，不停地喘，舌尖上不断地滴着口水。陈阵将蒙古包的围毡全部掀到包顶上去，蒙古包八面通风，像一个凉亭，又像一个硕大的鸟笼。在包里他可以一边看书，一边时不时向外张望照看小狼，只是犹豫着不知道该不该帮帮它。

草原狼从来不惧怕恶劣天气，那些受不了严寒酷热的狼，会被草原无情淘汰，能在草原生存下来的都是硬骨铁汉。可是，如果天气太热，草原狼也会躲到阴凉的山岩后面的。陈阵听毕利格老人说，夏天放羊遇到凉快的地方，别马上让羊群停下来乘凉，人先要过去看看，草丛里有没有狼“打埋伏”。

陈阵不知道该如何帮小狼降温解暑，他打算先观察狼的耐热力究竟有多强。吹进蒙古包里的风，也开始变热。盆地草场里的牛群全不吃草了，都卧在河边的泥塘里。远处的羊群，大多卧在迎风山口处午睡。山顶上，出现了一顶顶的三角白“帐篷”。羊倌们热得受不了了，就把套马杆斜插在旱獭洞里，再脱下白单袍把领口拴在杆上，用石头压住两边拖地的衣角，就能搭出一顶临时遮阳帐篷来。陈阵在里面乘过凉，很管用。帐篷里往往是两个羊倌，一人午睡，一人照看两群羊。三角白帐篷只有在草原最热的时候才会出现。陈阵渐渐坐不住了。

小狼已被晒得焦躁不安，站也不是，卧也不是。沙地冒出水波似的热气，小狼的四个小爪子，被烫得不停地倒换。它东张西望到处寻找小狗们，看到一条小狗躲在牛车的阴影下，它更是气急败坏地拼命挣着铁链。

陈阵赶紧出了包，他担心再这么曝晒下去，小狼真成了糖炒栗子。万一晒中暑了，场里的兽医决不会给狼治病的。怎么办？草原风大，只有雨衣，没有伞，不可能给小狼打一把遮阳伞。那么推一辆牛车来让小狼躺到牛车下？但牛车的结构太复杂，弄不好，小狼脖子上的铁链会被轱辘缠住，把小狼勒死。

最好的办法，是给小狼搭一个羊倌那样的三角遮阳帐篷，可他又不敢。所有野外的人畜都干晒着，有人竟为狼搭凉棚，这是什么“阶级感情”？那样全队反对养狼的牧民和知青就该有话说了。这一段大家都忙，几乎都已忘掉了小狼，偷养小狼不可张扬，陈阵再不能做出提醒人们记起小狼的事情。

陈阵从水车木桶里舀了半盆清水，端到小狼面前。小狼一头扎进盆里，一口气把水舔喝光，然后竟然迅速钻到陈阵身体的阴影里，来躲避毒日。它像个可怜的孤儿，苦苦按住他的脚，不让他走。

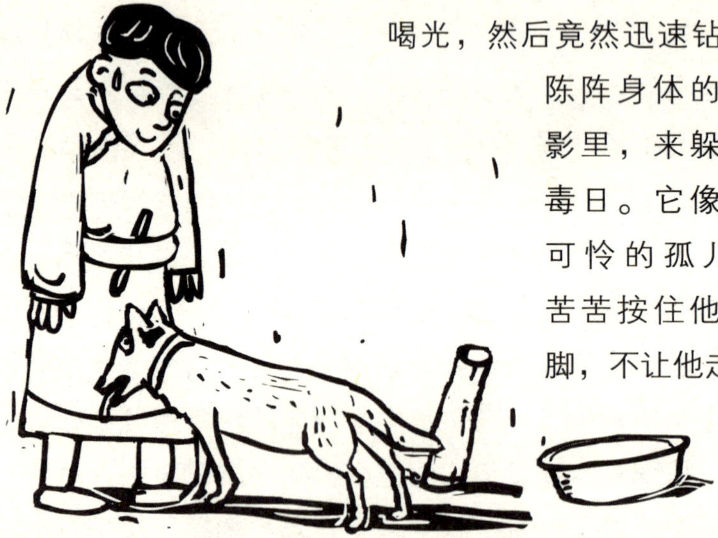

陈阵站了一会儿，马上就感到脖子后面扎扎地疼，再不离开就要被晒爆皮。他只好退出狼圈，打了半桶水泼在狼圈里，沙地冒出揭屉蒸笼般的蒸汽来。

小狼立即发现地面温度降了不少，马上就躺下来休息，它已经一连站了好几个小时了。可是，不一会儿沙地就被晒干，小狼又被烤得团团转。陈阵再没有办法了，他不可能连连给它泼水，就算能，那么轮到他放羊外出时怎么办？

陈阵进了包，看不下书去，他开始担心小狼晒病、晒瘦，甚至晒死。他没想到，拴养小狼保证了人畜的安全，却保证不了小狼的生命安全。要是在定居点，把小狼养在圈里，至少还可以得到一面墙的阴影。难道在原始游牧的条件下，真不能养狼？连毕利格老人也不知道如何养狼，他没有一点经验可以借鉴呵。

陈阵始终盯着小狼，苦思苦想，却仍是一筹莫展。

小狼继续在狼圈里转着，它的脑子好像也在不停地转动。转着转着，它似乎发现了狼圈外的草地，要比圈内的沙地温度低很多。小狼偏着身子，用后腿踩了几脚草地，大概不怎么烫，小狼马上就把整个身体躺到圈外的草地上去了，只把头和脖子留在圈内的烫沙上。铁链被小狼拽得笔直，小狼终于可以伸长着脖子休息了。

虽然小狼还在曝晒之中，但却大大地减少了身子的烘烤，陈阵高兴得真想亲小狼一口。小狼这个绝顶聪明的行为，给了陈阵一线希望。他也总算想出了一个办法，等到天更热的时候，他就隔些日子给小狼换一个有草的狼圈，只要狼圈里又快被踩成了沙地，就马上挪地方。

陈阵暗暗感叹，狼的生存能力总是超出人的想象，连这条没娘抚养的小狼，天生都会自己解决困难，就更不要说那些集体行动的狼群了。

22

小狼给自己挖了一个洞

蒙古包外响起了一阵急促的马蹄声，两匹快马卷着沙尘，顺着门前二十多米远的车道急奔。陈阵以为这只是过路人，却没想到，两匹马跑近蒙古包的时候，突然急拐弯，朝小狼冲去。小狼立即惊起后退，绷直了铁链。

前面那个人，用套马杆一杆子就套住

了小狼的头，又爆发性地狠命一拽，把小狼拽得飞了起来。这一杆力量之大，下手之狠，看来是想要小狼的命。他们恨不得借着铁链的拉劲，一下子就把小狼的脖子拽断。小狼刚刚噗地摔在地上，后面那个人又用套马杆的套绳，狠狠地抽了小狼一鞭子，把小狼抽得一个溜滚。前面那人勒住马，倒手换马棒，准备下马再击。

陈阵吓得大叫了一声，抄起擀面杖，疯了似的冲出去。那两人见到陈阵一副拼命的样子，迅速骑马卷沙扬长而去。只听一人大声骂道："狼在掏马驹，他还养狼！我早晚得杀了这条狼！"

黄黄和伊勒猛冲过去狂吼，也挨了一套马杆子。两匹马向马群方向狂奔而去。

陈阵没有看清那两人是谁，他估计有一位可能是挨了毕利格老人批评的那个羊倌，另一个是四组的马倌。这两人来势凶猛，打算好了要对小狼下死手，只不过没能得逞罢了。这下子陈阵可亲身领教了蒙古骑兵闪击战的威力。

陈阵冲到小狼身边，小狼夹着尾巴吓得半死，四条腿已抖得站不稳了。小狼见到陈阵，就像一只在猫爪下死里逃生的小鸡扑向老母鸡那样，跌跌撞撞地扑向陈阵。陈阵哆哆嗦嗦地抱起小狼，人与狼马上就抖到一起了。

陈阵慌忙去摸小狼的脖子，幸好脖子还没有断，但是脖子上的一片毛被套绳钩掉，下面是一道深深的血印。小狼的心脏怦怦乱跳，陈阵连哄带抚摸，好不容易才止住了小狼和自己的颤抖。他又进包拿出一小条肉干，安慰小狼。等小狼吃完了肉条，陈阵又抱起小狼，把它脸贴脸地抱在胸前。他摸了摸小狼的胸口，狼心已渐渐恢复平稳。

小狼余悸未消。它盯着陈阵看，看着看着，突然舔了陈阵的下巴一下。陈阵受宠若惊，这是他第二次得到狼的舔吻，也是第一次得到了狼的感谢。看来狼给救命恩人叼去七只野兔的故事不是瞎编的。

但是陈阵的心却沉得直往下坠，他一直担忧的事终于发生了。养狼已得罪了绝大部分牧民，他感到了牧民的疏远和冷落，连毕利格阿爸来他们包的次数也少多了。他已被牧民看做像包顺贵和民工一样的，破坏草原规矩的外来户了。狼是草原民族精神上的图腾，肉体上半个凶狠的敌人。无论从精神到肉体，草原牧民都不允许养狼。他养狼，在精神上是亵渎，在肉体上是通敌，他确实触犯了草原天条。

陈阵不知道自己还能不能保住小狼，还该不该养狼。但是他实在想记录和探究狼的秘密和价值，不能眼睁睁地看着曾对世界和中国历史产生过巨大影响的狼图腾，随着草原游牧生活的逐渐消亡而消亡；像草原人的肉体那样，通过狼化为齑粉，不留痕迹地消失得无影无踪。这可能是最后的一次机会了，陈阵不得不固执己见，咬紧牙关，坚持下去。

他到处去找二郎，可二郎还没有回家。如果有它看家，除了本组牧民以外，其他组的牧民还不敢轻易上门。二郎会把陌生人的马追咬得破胆狂奔。

太阳还没有发出它在这一天的最高温，草原盆地却已把所有的热量，全聚拢到了小狼的狼圈里。小狼的身体下面虽然减少了烘烤，但它的脑袋和脖子还留在沙盘里，加上脖子受伤，小狼躺不住了。它站起来在狼圈里转磨，转几圈又躺到草地上去。

陈阵开始为大家准备晚饭，他摘韭菜，打野鸭蛋，拌馅和面，烙馅饼，一直埋头干了半小时。当他抬头再看小狼的时候，他愣住了——小狼居然在沙圈里撅着屁股和尾巴，拼命刨土掏洞，沙土四溅，像礼花似的从地洞里喷出地面。陈阵急忙擦了擦手跑出包去，走进狼圈，蹲下身子好奇地观察起来。

小狼在圈中南半部，用力刨洞，半个身子已经扎进洞里，尾巴乱抖，沙土不断地从小狼的身子底下喷射出来。过了一会儿，小狼退出洞，用两只前爪搂住沙堆往后扒拉。小狼浑身沾满了土，它看了陈阵一眼，狼眼里充满野性和激情，像是在挖金银财宝，亢奋中还露出贪婪和焦急。

小狼到底想干什么？难道想刨倒木桩，逃到阴凉处？不对，位置不对。小狼并没有对准木桩刨，而且木桩埋得很深，它得刨多大一个坑？小狼是在狼圈的南半部，背对木桩，由北朝南，冲着阳光的方向刨。陈阵心中一阵惊喜，他立刻明白了小狼的意图。

小狼又在洞里刨松了许多沙土，它半张着嘴哈哈哈地忙里忙外，一会儿钻进洞刨土，一会儿又往外倒腾土。小狼两眼放光，贼亮贼亮，根本没工夫搭理陈阵。

陈阵看得终于忍不住，小声叫它："小狼小狼，慢点刨，小心把爪子刨断。"小狼瞟了陈阵一眼，眯着眼睛笑了笑，它好像对自己的行为很是得意。

洞里刨出的沙土有些潮气，远比洞外的黄沙凉得多。陈阵抓了一把沙土，握了握，确实又潮又凉。陈阵想，小狼真是太聪明了，它这是在为自己刨一个避光避晒避人避危险的凉洞和防身洞。一点没错，小狼准是这样想的，洞里有凉气有黑暗，洞的朝向也对，洞口朝北，洞道朝南，阳光晒不进洞。小狼钻进去刨土的时候，它的大半个身子已经晒不到毒辣的阳光了。

小狼越往里挖，里面的光线就越弱。它显然尝到了黑暗的快乐，也开始接近它预期的目标。黑暗黑暗，黑暗是狼的至爱，黑暗意味着凉快、安全和幸福。它以后再也不会受那些可恶的大牛大马大人的威胁和攻击了。

小狼越挖越疯狂，它简直乐得快合不上嘴了。又过了二十多分钟，洞外只剩下一条快乐抖动的毛茸茸的狼尾巴。而小狼的整个身体，全都钻进了阴凉的土洞里。

陈阵又一次被小狼非凡的生存能力和智慧所震惊。他想起了"龙生龙，凤生凤，耗子生儿会打洞"。老鼠会打洞，那小鼠至少见过大鼠和母鼠打洞吧？可这条小狼，眼睛还没有睁开就离开了狼妈，它哪里见过大狼打洞？况且，后来它周围的狗，也不可能教它打洞，狗是不会打洞的家畜。

那么，小狼打洞的本领是谁教给它的？而且打洞的方位和朝向也绝对正确，打洞的距离更是恰到好处。如果离木桩的距离太远，那么铁链的长度，就会限制狼洞向纵深发展。可是小狼选的洞位，恰恰在木桩和圈边之间，它竟然打了一个可以带半截铁链进洞的狼洞，这又是谁教的？这个选址的本领，可能连草原上的大狼都不具备，它自己又是怎样计算出来的呢？

陈阵惊得心里发毛。这条才三个多月大的小狼，居然在完全没有父母言传身教的情况下，独自解决了生死攸关的居住问题。它确实要比狗甚至比人还聪明。狼的先天遗传竟然强大到这般地步。

陈阵从自己的观察作出判断：遗传只是基础，而小狼的智商更高。他这个有知识的大活人，在毒日下转悠了大半天，就是没

有想到，就地给小狼挖一个遮阳防身洞。一个现代智人，竟眼睁睁傻乎乎地让一条小狼给他上了一堂高难度的生存能力课。

陈阵自叹不如，他应该心悦诚服地接受小狼对他的嘲笑。怪不得，小狼在跟他玩耍的时候，他会感到一种莫名其妙的“平等”。此刻，陈阵更觉得小狼可能根本不把他放在眼里。小狼桀骜不驯的眼神里，总是有一种让他感到恐惧的意味：你先别得意，等我长大了再说。陈阵越来越吃不准，小狼长大了会怎样对待他。

但是陈阵心里还是很高兴。他跪在地上看了又看，觉得自己不是在豢养一个小动物，而是在供养一个可敬可佩的小导师。他相信小狼会教给他更多的东西：智慧、勇敢、顽强、忍耐、热爱生活、热爱生命、永不满足、永不屈服并藐视严酷恶劣的环境，建立起强大的自我。他暗暗想，华夏民族除了龙图腾以外，要是还有个狼图腾就好了。那么华夏民族还会遭受那么多次的亡国屈辱吗？还会发愁中华民族实现不了民主自由富强的伟大复兴吗？

小狼撅着尾巴干得异常冲动。越往深里挖，它似乎越感到凉快和惬意，好像嗅到了它出生时的黑暗环境和泥土气息。

陈阵感到小狼不仅是想挖出个凉洞和防身洞，好像还想挖掘出它幼年的美好记忆，挖掘出它的亲妈妈和它的同胞兄弟姐妹。他想象着小狼挖洞时的表情，也许极为复杂，混合着亢奋、期盼、侥幸和悲伤……

陈阵的眼眶有些湿润，心中涌出一阵剧烈的内疚。他越来越宠爱小狼，可他却是毁了这窝自由快乐的狼家庭的凶手。如果不是他的缘故，那窝狼崽早已跟着它们的狼爸狼妈，东征西战了。陈阵猜想，这条优秀的小狼，也许就是额仑草原那头白狼王的儿子。如果在久经沙场的狼群的训导下，在未来它甚至可能成长为新一代的狼王。可惜它们的锦绣前程，完全被一个千里之外的汉人给改变了。

小狼已经挖到了极限，铁链的固定长度，已不允许它再往深里挖。陈阵也不打算再加长铁链。此地沙土松脆，狼洞顶只是一层盘结草根的草皮层，再往里挖，万一哪匹马，哪头牛踩塌了洞顶，就可能把小狼活埋了。

小狼挖洞的极度兴奋被突然中断，气得发出咆哮，它退出洞，拼命冲撞铁链。项圈勒到了它脖子上的伤口，疼得它张嘴倒吸凉气。它不肯罢休，直到它累得撞不动为止。小狼趴在新土堆上大口喘气，休息了一会儿，它探头朝洞里张望，陈阵不知道它还能琢磨出什么新点子来。

小狼喘气刚刚平稳，又一头扎进洞。不一会儿，洞里又开始喷出沙土。陈阵傻了眼，他急忙俯下身，凑到洞口往里看。只见小狼在往洞的两边挖，它竟然知道放弃深度，横向扩大广度。小狼挖掘不出它的妈妈和兄弟姐妹，它只好为自己挖一个宽大的卧铺，一个能将自己的整个身体，囫囵个儿放在里面的安乐窝。

陈阵愣愣地坐下来，他简直不敢相信，小狼从开始选址、挖洞，一直到量体裁洞的整个过程，从设计到完工都是一次成功，工程没有反复，没有浪费。陈阵真是无法理解狼的这种才华到底是从哪里来的。可能正是这种人类太多的“无法理解”，从古到今，草原民族才会把狼放到“图腾”的位置上去。

小狼的凉洞和防身洞终于挖成了。小狼舒舒服服地横卧在洞里，陈阵怎么叫也叫不出它来。他朝洞里望进去，小狼圆圆的眼睛绿幽幽的，阴森可怕，完全像一条

野狼。小狼此时显然正在专心享受它所喜欢的阴暗潮湿和土腥气味。它如同回到了自己的故土故洞，回到了妈妈的怀抱，回到了同胞兄弟姐妹的身旁。

此刻的小狼心平气和，它终于逃离了在人畜包围下惶惶不可终日的地面，躲进了狼的掩蔽所，回到狼的世界里去了。小狼也终于可以睡个安稳觉，做个狼的美梦了。陈阵把狼洞前的土堆铲平，把沙土摊撒到狼圈里。小狼总算有了安全的新家，这一意外的壮举，使得陈阵也重新对小狼的生存恢复了信心。

傍晚，高建中和杨克回到包里，两人见到包门前不远的狼洞，也都大吃一惊。杨克说：“在山上放了一天羊，人都快晒干了，渴死了，我真怕小狼活不过这个夏天。没想到，小狼还有这么大的本事，真是一条小神狼。”

高建中说：“往后还真得留点神，得防着它，每天都要检查铁链、木桩、脖套。说不定在什么节骨眼上，小狼给咱们捅个大娄子，牧民和同学们都等着看咱们的笑话呢。”

三个人都省下自己分内的半张油汪汪的韭菜鸭蛋馅饼，要拿去喂小狼。杨克刚一叫开饭喽，小狼就蹿出洞，将馅饼嗖地叼进洞里。它已经认定那是自己的领地，从此谁也别想冒犯它了。

二郎在外面浪荡了一天，也回到蒙古包里。它的肚皮胀鼓鼓的，嘴巴上油渍斑斑，不知道它又在山里猎着了什么野物。黄黄、伊勒和三条小狗一拥而上，抢舔二郎嘴巴上的油水。多日不见油腥，狗们馋肉都馋疯了。

小狼听见二郎的声音，嗖地蹿出洞。二郎走进狼圈，小狼又继续去舔二郎的嘴巴。二郎发现小狼的洞，它好奇地围着洞转了几圈，然后笑呵呵地蹲在洞口，还把长鼻子伸进洞闻了又闻。小狼立即爬到二郎干爸的背上，上蹿下跳，打滚翻跟头。它开心得忘掉了脖子上的伤痛，精神勃勃地燃烧着自己野性的生命力。

草原上太阳一落，暑气尽消，凉风嗖嗖。杨克立即套上一件厚上衣，走向羊群，陈阵也去帮他拦羊。吃饱了的羊群，忌讳快赶，两人像散步一样，将羊群缓缓地圈到无遮无拦无圈栏的营盘。

夏季的原始游牧，到了晚上，近两千只羊的大羊群，就卧在蒙古包外侧后面的空地上过夜。夏季下夜是件最苦最担风险的工作，他们两人都不敢大意。

狼的一天是从夜晚开始的。小狼拖着铁链快乐地跑步，并时不时地去欣赏自己的劳动成果。陈阵和杨克坐在狼圈旁边，静静地欣赏黑暗中的小狼和它的绿宝石一样的圆眼睛。两人都不知道狼群是否已经嗅到了小狼的气味，失去狼崽的母狼们，是否就潜伏在不远的山沟里。

陈阵给杨克讲了这一天发生的事情，又说:“得想办法弄点肉食了，要不然，小狼长不壮，二郎也不安心看家，那就太危险了。”杨克说:“今天我在山上吃到了烤獭子肉，是道尔基套的。要是他套得多，咱们就跟他要一只，拿回来喂狗喂狼，可就是羊倌羊群干扰太多，獭子吓得不上套。”

陈阵忧心忡忡地说:“我现在样样都担心，最担心的是狼群夜里偷袭羊群。母狼是天下母性最强的猛兽，失掉孩子以后的报复心也最强最疯狂。万一母狼们带着大狼群半夜里打咱们一次闪电战，咬死小半群羊，那咱们就惨了。”

杨克叹了口气说:“牧民都说母狼肯定会找上门来的。额仑草原今年至少被人掏了二十多窝狼崽，几十条母狼都在寻机报仇呢。牧民一个劲地想杀这条小狼，其他组的同学也都反对养狼，咱们现在真是四面楚歌呵。我看咱们是不是悄悄地把小狼放掉算了，就说小狼挣断链子逃跑了，那就

没事了。”杨克抱起小狼，摸摸它的头说：“不过，我也真舍不得小狼，我对我的小弟弟也没这么亲。”

陈阵狠了狠心说：“中国人干什么事，都是前怕狼后怕虎的。咱们既然入了狼窝，得了狼子，就不能半途而废，既然养了就得养到底。”

杨克忙说：“我不是害怕担责任，我是看小狼整天拴着铁链，像个小囚徒，太可怜了。狼是最爱自由的动物，却无时不在枷锁中，你能忍心吗？我可是已经在心里真正拜过狼图腾了，我能理解为什么阿爸反对你养狼。这真是亵渎神灵啊。”

陈阵的心里十分矛盾，嘴上却依然强硬，猛地上来一股执拗劲儿，冲着杨克发狠说：“我何尝不想放狼归山啊，但现在不能放，我还有好多问题没弄清楚呢。小狼的自由是一条狼的自由，可要是将来草原上连一条狼都没有了，还有什么狼的自由可言？到时候，你也会后悔的。”

杨克想了想，终于还是妥协了。他犹豫着说：“那……咱们就接着养。我想法子再多弄点‘二踢脚’来。狼跟草原骑兵一样，最怕火药炸，火炮轰。只要咱们听到二郎跟狼群一掐起来，我就先点一捆‘炸弹’，你再一个一个地往狼群里扔，准保能把狼群炸蒙。”

陈阵笑起来：“这么说，你的狼性和冒险劲，其实比我还大呢。”

图书在版编目(CIP)数据

狼图腾小狼小狼. 上册/姜戎著. —杭州：浙江少年儿童出版社，2007.8
ISBN 978-7-5342-4444-5

Ⅰ. 狼… Ⅱ. 姜… Ⅲ. 长篇小说-中国-当代 Ⅳ. I247.5

中国版本图书馆 CIP 数据核字（2007）第 085183 号

狼图腾小狼小狼 上册
姜戎 著

责任编辑 袁丽娟
装帧设计 唐 筠
内文插图 赵 洋
责任印制 阙 云

浙江少年儿童出版社出版发行
地址：杭州市天目山路 40 号
浙江印刷集团有限公司印刷
全国各地新华书店经销
开本 880×1230 1/32
印张 7.25
字数 120000
印数 1—30200
2007 年 8 月第 1 版
2007 年 8 月第 1 次印刷
ISBN 978-7-5342-4444-5
定价：13.00 元

（温馨提示：《狼图腾小狼小狼》由上下两册组成）

XIAOLANG

在本书里，小狼告诉我们

++ 蒙古老人说：狼是腾格里（天）派下来保护草原的，狼没了，草原也保不住。狼没了，蒙古人的灵魂也就上不了天了。

++ 打狼就是打仗，斗体力，斗精力，斗智斗勇，三十六计除了美人计使不上，什么计都得使。

++ 狼会打近战、夜战、奔袭战、游击战、运动战；狼还会打地道战和青纱帐战，狼是天下第一兵家。

++ 狼可杀可拜，但不可养。

++ 在中国，真正摸过蒙古草原活狼的汉人，可能连十万分之一也没有。汉人恨狼，结果把狼的本事也恨丢了，学到狼的真本事的，大多是游牧民族。

++ 在世界历史上，能攻打到欧洲的东方人，都是游牧民族。没有狼，世界历史就写不成现在这个样子。

++ 世界上，狼才真正是以食为天的动物。与狼相比，人以食为天，实在是太夸大其辞了。

++ 蒙古草原从来都是战场，只有那些最强壮、最聪明、最能吃能打、吃饱的时候记得住饥饿滋味的狼，才能顽强地活下来。

++ 汉族人把最恶最毒的人说成是狼心狗肺，把欺负女人的人叫做大色狼，说最贪心的人是有狼子野心，把美帝国主义叫做野心狼，大人吓唬孩子，就说是狼来了……可是蒙古人却把狼当神一样地供起来，活着的时候学狼，死了还把自己喂狼。

++ 古代烽火台上的所谓狼烟，绝不可能是用狼粪烧出来的烟。狼烟是用狼粪烧出来的流行说法，纯属胡说八道、欺人之谈，是胆小的华夏居民吓唬自己的鬼话。

++ 华夏民族除了龙图腾以外，要是还有个狼图腾就好了。